唐傘小風の幽霊事件帖

高橋由太

幻冬舎時代小説文庫

唐傘小風の幽霊事件帖

目次

序　娘の幽霊、本所深川に現るの巻

大川に架かっている行逢《いきあ》いの橋を渡り、半刻《はんとき》ばかり歩いたところに、伸吉《しんきち》の寺子屋はある。幽霊でも出そうな風情の辛気《しんき》臭い建物である。

行逢い橋も寺子屋も大昔にあった「明暦《めいれき》の大火」の後に作られたものであり、ずいぶんと古びている。

カランコロンと駒下駄の音が聞こえてきそうな明和《めいわ》九年の夜のこと、二十歳《はたち》になったばかりの伸吉は、自分の寺子屋の裏庭をうろうろしていた。

伸吉は女のように色白で整った顔立ちをしているものの、ひょろりと頼りない背《せ》恰好《かっこう》をしていて、小さな子供にまでからかわれている。

そんな伸吉が亡き祖母の跡を継いで寺子屋の師匠になったのは、去年の冬のことであった。

物心ついたときから頼りなく〝こんにゃく〟とあだ名をつけられるくらい、伸吉はふにゃふにゃとしていた。ちょいとしたことにも怯《おび》えてしまう性格は、寺子屋の師匠になっても治りはしなかった。

枯れ尾花を幽霊と見間違え、夜に仔猫が「にゃあ」と鳴いても悲鳴を上げてしまう。我ながら、臆病《おくびょう》にもほどがある。そう思っていた。

さらには、子供相手にしゃべる商売だというのに、上がってしまい、まともにしゃべれなくなるのだから、〝こんにゃく師匠〟と呼ばれても仕方がないと諦《あきら》めている。

これでは、寺子屋の子供が減るのも当たり前だ。

しかも、頼りないばかりではなく、お人好しにもできている。借金の形に娘を売ることになった寺子の親に泣きつかれ、大金を用立ててやるために高利貸しに手を出した。それからというもの、夜討ち朝駆けとばかりに強面《こわもて》が取り立てに来る。

高利貸しの使いっ走りをやっている熊五郎《くまごろう》が、

「仲吉、金を返しやがれッ」

と、借金を取り立てに来て、寺子屋の戸をどんどんと叩《たた》くたびに煎餅《せんべい》布団に潜り込み、

（あたしはいないよ、いないいんだってば）

と、居留守を使う毎日に仲吉は疲れ果てていた。

仲吉だって、借金なんぞ返してしまいたいが、寺子屋には閑古鳥ばかりが集まり、金が一銭もない。

それでも夜討ち朝駆けを金科玉条のごとく守り、どんな手段を使っても貸した金を取り立てるのが熊五郎であった。

「いるのは分かってんだ。こら、仲吉ッ。男らしく出て来やがれッ」

どんどんと寺子屋の戸を叩きながら、怒鳴り声を上げている。

名の通り、熊のような男である。六尺近い背丈があって、腕だって丸太ん棒のように太い。こんな男の目の前に出て行きたくはなかった。

「こそこそしやがってッ。それでも男かッ」

という熊五郎の言葉に、

（好きで男に生まれたわけじゃないんだよ）

布団の中で言い返す。

伸吉は取り立てが怖くて怖くて、毎日のように布団に潜り込んでは、おいおいと泣いていた。

女どころか、こんにゃくにでも生まれればよかった。そうすれば、おでん鍋《なべ》の中で暮らせる。益体《やくたい》もないことを考えていた。借金の取り立てに怯えすぎて、ちょいとばかりおかしくなっている。

やがて熊五郎が帰って行くと、伸吉はゆっくりと起き上がり、よろよろと外へ出た。長屋の中にいると、際限なく泣いてしまいそうだったからだ。

かといって真夜中の散歩と洒落《しゃれ》込む度胸も伸吉にはなかった。

深川の闇には辻斬り夜盗、破落戸《ごろつき》も棲《す》みついている。

高利貸しの取り立ても怖いが、辻斬り夜盗も怖い。

そんなわけで、

「困ったねえ……。困ったねえ……」

と言いながら、寺子屋の周りをうろついていたのである。

土地だけならいくらでも余っている深川の外れのことで、伸吉の寺子屋は庭も含めて、かなり広い。祖母が死んでから使うどころか近寄ってさえいないが、裏庭には古井戸まである。

せっかくの井戸を、なぜ使わぬのかと言えば、亡き祖母が口をすっぱくしてこう言っていたからだ。

「あの井戸には悪鬼が棲んでいて、近づくと食われちまうよ」

そんな恐ろしい古井戸へやって来たのは、銭のなさに困り果てていたからなのかもしれない。

引き寄せられるように、伸吉は古井戸を覗《のぞ》き込んだ。ついでのように、腹の虫が、ぐるるぐるると鳴った。もうずいぶん長いこと、まともに食っていない気がした。

あまりの情けなさに、

「死んじまえば食わなくていいのかねえ」

と、今まで考えたこともなかった言葉が口から飛び出した。

言ってしまうと不思議なもので、だんだん古井戸の闇が伸吉を呼んでいるように思えてくる。

(飛び込んじまえば楽になる)

そんな台詞《せりふ》が頭の中を、ぐるぐると駆け回る。

「こっちへおいで、こっちへおいで」

と、古井戸の底から声が聞こえるような気がした。誘われるように、古井戸の縁に足をかけたとき、背中の方から、
ふわり――――

――――と、甘い桃の香りが漂ってきた。


桃の木など寺子屋の庭にはない。現世と幽世の境には一本の桃の木が生えていて、死人はその実をひとつ食べてから、極楽だか地獄だかへ行くというが、伸吉は死にかけてさえないのだから、桃の香りがすること自体がおかしい。

しかも、背中に視線まで感じた。

――何かがいる。

思わず振り返ると、十五、六の美しい娘が立っていた。なぜか小さなカラスを肩

にのせている。握りこぶしよりも、ちょいと大きいくらいの小カラスだが、やけに目がぱっちりとしている。

古井戸の縁に片足をのせた姿勢のまま、伸吉は固まった。娘に話しかけることさえできなかった。そんな伸吉に娘は言った。

「どうした？　死なぬのか？」

「え？　誰？」

伸吉の質問に答える素振りも見せず、見知らぬ娘は闇に溶けるように、どこかへ行ってしまったのだった。


その翌日の夜。
十五、六くらいの娘が寺子屋に立っていた。仙女のように長く腰まで伸ばした髪の毛が、さらさらと揺れている。すぐに昨夜《ゆうべ》の娘だと分かった。
（巫女《みこ》様？）

伸吉にはそう見えた。町人の娘にも武家の娘にも見えない。巫女にしては、男顔のやけに凜々《りり》しい顔立ちをしているが、白い小袖《こそで》に赤い袴《はかま》をはいた小娘など、巫女以外に考えられなかった。

しかし、巫女が夜更けに寺子屋なんぞへやって来るわけがない。

しかも、娘は、雨も降っていないのに、やけに大きな赤い唐傘を持ち、袖からのぞく白い右の手首には唐傘と同色の赤い紐《ひも》を何本も巻いている。

自分の寺子屋に見知らぬ娘がいるというのに、伸吉は声をかけるでもなく、ぼんやりと見惚《みと》れていた。するといきなり、

「カアーッ」

という疳高《かんだか》い鳴き声が耳をつんざいた。

「うわあぁッ」

伸吉は悲鳴を上げる。まさか寺子屋の中にカラスがいるとは思わない。

伸吉のことを見ようともせず、カラスは、すいと飛ぶと娘の肩にのった。慣れているのか娘は驚きもしない。

カラスを肩にのせたまま、娘が何やら言いたげな風情でこちらを見ている。

「あの……、その……」

野暮の見本市に並べられそうなほど野暮な伸吉だけあって、絵草子の牛若丸裸足

の、きりりとした目鼻立ちの美しい娘を前にしては、言葉が出てこない。

仲吉がおどおどしていると、娘がこちらへ歩いて来た。

手を伸ばせば届くほどまで近づくと、娘はぴたりと立ち止まった。嗅いだおぼえのある桃の甘いにおいが、仲吉の鼻をくすぐる。

「ええと、あたしは……」

とりあえず名乗ろうとする仲吉の言葉に被《かぶ》せるようにして、娘は、男のような言葉使いで、

「卯女《うめ》の孫の仲吉だな」

と言った。

見知らぬ美しい娘にいきなり名を当てられて、仲吉の困惑は頂点に達した。去年の冬に死んだ祖母の名まで知っている。

しかし娘は、そんな仲吉に頓着せず、勝手気ままな口調で言った。

「わたしは小風《こかぜ》だ。このカラスは八咫丸《やたまる》」

自己紹介のつもりらしい。

「はあ」

　他に答えようがない。カラスの紹介をされても困るだけである。伸吉の受け答えが不満だったのか、小風は右の眉《まゆ》をちょこんと可愛らしく上げ、

「ずいぶん冷たいな」

　と文句を言い始めた。

　冷たいも何も、知らない娘である。さすがの伸吉も、かちんときた。

「いったい、どこの娘だい？」

　今さらながらに、精いっぱい怖い口調で聞いてやった。が、そんな伸吉の台詞を、

「ふん」

　と鼻であしらうと、

「自分で呼んだくせに、どこの娘だ、はなかろう」

　と訳の分からないことを言っている。

「呼んだ？　誰が？」

「泣きながら、『神様でも化け物でも構わないから、あたしを助けてください』と言ったであろうが」

「え……」

仲吉は目を丸くする。

誰もいない部屋で、しかも布団の中で泣きながらつぶやいていたことを、なぜこの娘は知っているのか——。しかも、一言一句間違っていない。

仲吉はおそるおそる聞いてみた。

「もしかして、化け物かい？」

「失礼な男だな」

小風は顔をしかめ、唐傘で仲吉の頭をぽかりと叩いた。

見知らぬ娘にいきなり頭を叩かれ、仲吉は怒るより先に驚いて言葉を失い、金魚のように口をぱくぱくさせた。

娘ときたら、謝るでもなく、至って真面目《まじめ》な顔で言ったのだった。

「化け物ではない。——幽霊と呼べ。さっきも言ったが、名は小風。〝唐傘小風〟と呼ばれている」

其ノ一 小風、夜の墓に行くの巻

1

水辺に近い深川の夏は、ひどく蒸し暑かった。湿り気を帯びた風がまとわりついて離れない。

草木も眠る丑三《うしみ》つ時をいくらか過ぎた深夜のこと、伸吉はひとけのない墓場へやって来ていた。

伸吉のすぐ後ろを十五、六の娘——小風がついて来る。雨も降っていないのに、なぜか唐傘を持ち、右肩にカラスをのせている。

小風本人は伸吉の寺子屋に棲みついている幽霊だと言っているが、どうみても可愛らしい娘にしか見えない。巫女姿といい肩のカラスといい、普通の娘に見えないが、幽霊と言われてもにわかには信じられない。

夜も墓も怖い伸吉は、小風もきっと怖がっているに違いない、と勝手に決めつけ、いざとなったら、手のひとつでも握ってやろうと企《たくら》んでいた。

しかし、小風は怖がるどころか、顔色ひとつ変えやしない。手をつなぐどころか、伸吉の隣にも来なかった。

伸吉は小風に話しかけてみた。

「ねえ」

「ん？」

「怖くないからね」

「知っている」

小風はどこまでも素っ気ない。めげそうになる気持ちをぐっと抑えて、伸吉は言葉を続ける。

「夜は怖いだろう？　あたしの近くに来てもいいんだよ」

「ん？　おぬしの近くに行くと昼になるのか？」

真顔で言われては返す言葉もない。

結局、手を握るどころか、それ以上話しかけることもできないまま、深川の墓地に着いてしまった。

「――なんだ、誰もいないではないか」

小風は、伸吉に文句を言う。それに便乗したのか、

「カァーッ」

と肩にのっているカラスの八咫丸が鳴いた。こいつも伸吉に文句を言いたいようだ。

「そうだねえ……帰ろうか」

伸吉は小風の言葉にすがるように言った。

「よくよく考えたら、若い娘さんがこんなところにいるのはよくないよ」

と、寺子屋の若師匠らしいことを言ってみた。むろん、本心は自分が帰りたいだけだった。

いきなり、ぽかりと唐傘で頭を叩かれた。

「男のくせに、びくびくするでない――鬱陶しくてかなわん」

「痛い……」

白い小袖に赤い袴という巫女のような恰好をしているくせに、小風は乱暴だった。何かというと、唐傘で伸吉を叩く。

しかも、加減を知らぬらしく、叩かれると結構痛い。

「叩かなくてもいいじゃないか……」

と、至って当たり前の抗議をしただけなのに、ぽかりと、また叩かれた。

「カアー、カアー」

と、八咫丸の馬鹿が笑っている。

このうるさいカラスの八咫丸も不思議なやつだった。小風は、このカラスのことを、

「自ら八咫烏《がらす》だと言っておる」

と、言っていたが、伸吉の目には生意気なカラスにしか見えない。八咫烏なら足が三本あるはずだが、この八咫丸の足は二本だけであった。

小風が八咫丸と出会ったのは、三途《さんず》の川だったらしい。小風が死に、あの世とやらへ来たばかりのときだ。この間抜けなカラスが、

「カアー、カアー」

と鳴き喚《わめ》きながら三途の川に沈みかけていたところを、小風が飛び込み助けてやったと言っていた。

そのとき、八咫丸の足に引っかかっていたのが、この小風の赤い唐傘だったらしい。

――助けてくれたお礼だ。遠慮しなさんな。

そんな顔で、「カアー、カアー」と八咫丸は大威張りであったが、もともと八咫丸のものではない。三途の川におそらく百年二百年の間、沈んでいた唐傘であるらしい。

八咫烏か馬鹿烏か知らぬが、カラスごときに笑われるのは気に入らぬ。あまりに腹が立ったので、伸吉は、

（そのうち、焼き鳥にしてやる）

と心に誓った。

伸吉の目つきを見て、八咫丸は逃げるように小風の陰に隠れた。

そんなどうでもいいことを考えていると、足音が聞こえてきた。

「やっと来たようだな」

小風は言った。こんなひとけのない墓場にいるというのに、怯える素振りさえ見せない。

「おう、伸吉ッ。こんなところにいやがったか」

野太い男の声が割り込んできた。見れば、借金取りの熊五郎である。

「へえ……」

ただでさえ墓場に怯えていた伸吉が、さらに小さくなる。

行逢い橋町と呼ばれるこのあたりにも金貸しの取り立て屋は何人かいるけれど、熊五郎ほど悪辣に取り立てる者はいない。

この熊五郎だって、一年前に日本橋から越して来たときは、厳《いか》ついところはあったものの、働きものの棒手振《ぼてふ》りだった。それが、高利貸しの使いっ走りとなり、気がつけば、病人の布団を引き剥《は》がすほどの守銭奴となっていた。あまりの変わりように、

「何か悪いものに憑《つ》かれちまったんじゃねえのか」

と噂する連中もいた。

(なんで、あたしばっかりがこんな目に……)

と思ったものの、高利貸しに銭を借りたのは伸吉自身で、熊五郎に追いかけられるのも自業自得。言ってみれば、自分が蒔《ま》いた種だった。

それにしても、おかしなことに、熊五郎は小風をちらりとも見ない。さっきから肩にカラスをのせた面妖な美少女が、熊五郎の目と鼻の先を、ぶらぶら歩いているというのに、とんと無視を決め込んでいる。

いや――。

見えていないのだ。

伸吉が熊五郎の様子を不思議に思っていると、
小風はそんなことを言った。

「普通のものにわたしの姿は見えぬ」

小風はそんなことを言った。まさか幽霊とは信じていなかったが、どうやら本当らしい。見えていれば、熊五郎が何か言うはずである。

(小風は、本当に、化け物なんだ――)

伸吉は思わず首を竦《すく》めた。すると、

「誰が化け物だ」

という声とともに、またまた、ぽかりと唐傘で頭を叩かれた。

「化け物ではない。幽霊だ、馬鹿」

娘はどうでもいいことに拘《こだわ》っている。

何を考えているのかさっぱり分からぬが、小風は伸吉が高利貸しの取り立てに追い詰められていることを知ると、

「何とかしてやろう。どこか静かなところ……そうだな、墓へ取り立て屋を呼び出せ」

と伸吉に言いつけた。

溺れる者は藁《わら》をも摑《つか》む――。そんなわけで、ひとけのない夜の墓場で怒鳴りつけられているのだった。

(助けてくれるって言ったのに)

小風は幽霊のくせに墓が珍しいのか、八咫丸を肩にのせたまま、あっちをふらふら、こっちをふらふら歩き回っている。

「小風、助けておくれよ」

と、伸吉が泣きついても素知らぬ顔で、八咫丸相手に話し込んでいる。

「いろいろな墓があるな」

「カアー」

「この墓を見てみろ、八咫丸」

「カアー？」

「丁寧に掃除がしてある。毎日のように墓参りをしているのだろう……よほど暇らしいな」

と、墓にばかり気を取られて伸吉のことなんぞ見ようともしない。

（幽霊なんぞ信じるんじゃなかった）

今さら後悔しても、墓場にやって来てからではもう手遅れである。

「おうッ、伸吉、こんなところに呼び出しておいて、何を黙ってやがる」

熊五郎が青筋を立てている。熊髭《ひげ》を生やしている上に、獣のような険しい目つきをしている熊五郎の恐ろしげな容貌は、伸吉と同じ人間とは思えぬほどだった。

「た、た、助けて……」

と小風に縋《すが》っても、当の幽霊娘は柳に風。伸吉の方など見もせず、

「八咫丸、この墓はずいぶん古いぞ。見てみろ」

「カアー？」

などとやっている。まるで、お彼岸の墓参りである。

小風の姿が見えない熊五郎は、呼び出したくせに情けない声を出すばかりの伸吉に苛ついたのか、乱暴な手つきで襟首《えりくび》を掴みおもむろに突き飛ばした。

「金、返すんだろ？　ああ？」

と、今にも牙《きば》を剝《む》きそうな顔をしている。

ふと熊五郎の右肩あたりに目をやると、うっすらと白く光るものが見えた。

「ひいッ」

伸吉の口から悲鳴が洩《も》れた。

その悲鳴を耳にしたのか、白く光る何かが口を開いた。

「何だ、あたしのことが見えるのかい？　人のくせにおかしな力を持っている子だね」

「こ、こ、これは何？」

がくがくと震えながら、伸吉は小風の方を見た。すると、

「悪霊だ。見れば分かるだろ」

素っ気ない答えが返ってきた。

2

絵草子の山姥《やまんば》か鬼婆のような形をした白い光が熊五郎の身体《からだ》から、

ぬう――

――と離れた。

しかも、おそろしいことに、散切《ざんぎ》りの白髪《しらが》をばらりばらりと乱しながら、仲吉の方へ向かって来る。

「え？　え……」

仲吉は戸惑うばかりで逃げるに逃げられない。

鬼婆は、蛇のように仲吉を呑《の》み込むつもりなのか、くわりッと口を開いた。

「ひぃ……」

ようやく我に返ったものの、すると今度は腰が抜けて動けない。鬼婆が迫り来る。その牙が伸吉に嚙《か》みつきそうになった刹那《せつな》、

「どけ」

と、小風が伸吉を押しのけた。

鬼婆にとっては、伸吉も小風も同じ邪魔者にすぎないらしく、何の戸惑いもなく、小風に襲いかかる。

小風は逃げようともせず、唐傘を片手にぼんやりと立っている。鬼婆の毒牙《どくが》にかかるのは時間の問題のように思われた。

「小風――」

と、焦る伸吉を小風は見ようともせず、手首の赤い紐を一本しゅるりとほどくと、その紐で自分の長い髪を、きゅっと後ろで縛り上げた。そしてなぜか唐傘を、

ひらり――

――と開いた。

赤色の唐傘を差した小風の姿は、歌舞伎役者が舞台で見得を切っているように見えた。しかし伸吉には小風が何をするつもりなのか全く理解できなかった。訳が分からぬのは、鬼婆も同じと見えて、一瞬、その動きが止まった。

「ふん」

小風は鼻で笑うと、くるりくるりと唐傘を回し始めた。

とたんに夜闇がいっそう深い漆黒の闇に変わった。

生暖かい風が吹き、

ひゅうどろどろ――

と、気味の悪い音が、どこからともなく聞こえてきた。

ぞくりと伸吉の背中に悪寒《おかん》が走った。

「等活《とうかつ》地獄」

小風がつぶやいた。

妙に信心深いところのある祖母に育てられた伸吉には、馴染《なじ》みのある言葉だった。

等活地獄は、八大地獄の一番最初に置かれている。

殺生の罪を犯した人間が堕《お》ちるといわれ、この地獄へ堕ちると、同じように殺生の罪を犯した人間と永遠に殺し合うことを強《し》いられ、骨と化すまで殺し合う苦痛がいつまでも続くという。

くるくる、くるくると小風の唐傘が回る……。

やがて、深い霧が唐傘から舞い上がり、あたりを呑み込んでいく。一寸先も見えない闇に包まれた墓場に、

「カアー、カアー」

と、八咫丸の鳴き声が不気味に響き渡る。

伸吉の額から滝のような汗が流れ始めた。拭《ふ》いても拭いても汗が止まらない。暑くて暑くて仕方がなかった。

それに、やけに地べたが熱い。

草履《ぞうり》の下から、ひりひりと熱が伝わってくる。

「何をしおった？」

鬼婆の不安げな声が聞こえた。

魔物のくせに怯えている。

「ここはどこじゃ？」

心細そうな声で鬼婆がくり返す。もはや、その声は魔物ではなく、姥捨《うばす》て山に置き去りにされた老婆のようだった。鬼婆に返事をするように、

ひゅうどろどろ――

――と、おどろおどろしい音が響いた。

ゆっくりと霧が引いていく。それまで何も見えなかった伸吉の目に、小風の姿が映った。

夜闇に白装束と赤い袴が浮かび上がっているように見えた。抜けるような白い肌が蠟細工《ろうざいく》のようであった。

「娘、ここはどこじゃ？　何をしておる？」

鬼婆は小風に聞く。まるで大人に縋る迷子のような口調だった。小風は、その迷子を突き放すように、

「地獄だ」

と、温かみの欠片《かけら》もない声で言い放つ。

とりつく島もないような沈黙が流れた。

冷たい静寂を壊したのは八咫丸だった。何の前触れもなく突然、小風の右肩で、

「カアー」

と鳴いた。

すると、それが合図であったかのように、残っていた霧が、すーと晴れた。伸吉の目の前に深川の墓の景色が広がる——はずだった。

しかし、どこにも墓はない。

見たこともない寥々《りようりよう》たる荒れ地が、伸吉の目の前に広がっていた。

墓石どころか、草木の一本すら生えていない。地べたは灼《や》けるように熱く、空は茜《あかね》色に染まっていた。

（ここは深川の墓地だよねえ……）

伸吉は自分がどこにいるのかさえ自信が持てなくなっていた。

絵草子か紙芝居の世界にも思えるが、頬《ほお》をつねっても痛い。

「地獄だと？」

「地獄だ」

容赦のない小風の言葉に、鬼婆の顔が歪《ゆが》んでいく。――やはり怯えている。

「きさまは、三途の川を渡れず、現世《こちら》に縛りつけられていたのだろう?」

小風はそう言って、左の手首に巻かれている何本かの紐の一本に指で触れた。

(ん?)

伸吉の目には、小風の触れた紐が一本だけ、ぼんやりと仄《ほの》かに光って見えた。

鬼婆はがたがたと震えながら、小風を見ている。歯向かう気も失《う》せているらしい。

「現世《ここ》に用はなかろう」

と小風は言った。それから、祖母を労《いたわ》る孫娘のようなやさしい声で、

「今から解き放ってやろう。安心して地獄に堕ちるがいい」

と、鬼婆に告げた。

「い、い、嫌じゃ。地獄へは行きとうないッ」

鬼婆は絞り出すように言った。

面妖なことに、鬼婆の姿が、だんだん、淡く溶けて行く……。これが三途の川を渡るということなのだろうか。

陽炎《かげろう》のように薄くなった鬼婆だが、往生際悪く、

「――こうなったら、おまえの身体を乗っ取ってくれる」

　牙を剝き小風に飛びかかって来た。

「乗っ取れるわけがなかろう」

「それならば、食い殺してくれるッ」

　鬼婆は顎《あご》が外れるほどの大口を開けた。鬼婆の口中には、禍々《まがまが》しい虚空が広がっていた。小柄な小風など丸々と呑み込まれてしまいそうであった。それなのに、

「無駄なことを」

　小風はそう言うばかりで、動く気配すら見せない。

（助けないと……）

　そう思うものの、伸吉は腰が抜けて動くことができなかった。恐ろしいというより、目の前で起こっていることが信じられなかった。

　地べたは熱いし、気のせいか火薬のにおいまで漂ってくる。もはや、何が起きているのかさえ分からなかった。

（夢ならさめておくれよ）

　と、信じてもいない神頼みをしかけたとき、

ばん――――

――と乾いた音が聞こえた。

鬼婆の動きがぴたりと止まり、頬から、つうと血が流れた。

音の聞こえた方に目をやると、何十人、いや、何百人もの人影が見える。こんな夜更けだというのに、永楽銭の旗印が掲げられ、軍馬の嘶《いなな》きが聞こえてきた。咽《む》せ返るような硝煙のにおいは、そちらから漂ってきている。

「こ、こ、今度は誰?」

「見れば分かるだろ」

と小風は言った。

「え?」

見ても分からなかった。何しろ、人影しか見えやしない。

「鈍い男だな」

そう言われても、分からぬものは分からない。

「地獄にいるのは、地獄に落ちた連中に決まっている」

「地獄……？」

嘘《うそ》をつくと舌を抜かれるくらいしか思い浮かばなかった。

小風は伸吉を馬鹿にしたように見ると、

「嘘くらいで地獄に堕ちるわけがなかろう」

と、言った。

「じゃあ、いったい……」

「人殺しだ。――それも、罪もない民を数えきれぬほど殺した極悪人が堕ちる」

そんな小風の言葉を遮《さえぎ》るように、

「久しぶりの下界よ」

妙に疳高《かんだか》い男の声が耳を打った。ただでさえ静かな墓地が、
しんと、痛いほどの静寂に支配された。

ひりひりとした空気が皮膚に突き刺さる。

ぷつりぷつりと鳥肌が立つ。

疳高い声の男は、目の前の鬼婆など問題にならぬほどの妖気を撒《ま》き散らしている。

「誰？」

小声でつぶやいたはずなのに、伸吉の声は戦場の法螺貝《ほらがい》のように四方八方に響き渡った。

すると、晴れかかっている夜霧の中から、ひとりの人影が、
かつん、かつんと、乾いた足音をさせながら、伸吉の方へ歩いて来る。

熱い空気が凍りついていく……。

やがて、闇の中から、肌の白い、人形のように整った細面《ほそおもて》の男が現れた。

ビロードのマントに南蛮鎧《なんばんよろい》を身につけ、見るものすべてを射殺すような鋭い目つきをしている。

この男が、小風の言う極悪人であるらしい。

姿恰好からして常人には見えぬが、小風の言うように〝罪もない民を数えきれぬほど殺した〟男にも見えない。

江戸にも人殺しの類《たぐい》はいないわけではないけれど、何人もの民が殺された大事件など、瓦版《かわらばん》でも読んだ記憶がなかった。

それなのに、この男を知っているような気がする。伸吉の一族は、浪人上がりの

家系ではあったが、縄つきは出しておらず、思い当たる節などあろうはずがないのに、

(どこで見たんだろう?)

仲吉は首をかしげた。

小風は、そんな仲吉を見て、

「鈍い男だな」

と、呆《あき》れてみせると、甯高い声の男へ、こんなことを言った。

「今は江戸の世だ。上総介《かずさのすけ》のことを知らぬ者も多い」

——上総介。

やはり、どこかで聞いた気がする。

甯高い声の男は、ふんと鼻を鳴らしただけで何も言わぬ。仕草ひとつ取っても癇《かん》に障る。

それから、頬から血を流したまま固まっている鬼婆を見て、

「ここはきさまのいるところではないわ。さっさと地獄《こちら》へ来て、業火で焼かれるがよい」

と、大上段から言った。

それまで凍りついていた鬼婆が、再び動きだした。

「嫌だ……。地獄なんぞへ行ってたまるものかッ」

と、金切り声を上げるや、今度は上総介へと襲いかかった。

眼光こそ鋭いものの、上総介はどこをどう見ても優男。化け物の類であろう鬼婆に勝てるとは思えない。鬼婆の餌食《えじき》となるのは、火を見るより明らかに見えた。だが、

「愚かものが――」

上総介は嘲《あざけ》るような笑みを浮かべ、女と間違えんばかりの甲高い声で、

「撃てッ」

と、背後の影たちへ命じた。

次の刹那、轟々《ごうごう》と、鉄砲の音が耳をつんざいた。

鉛の弾が雨のように、鬼婆へと降り注ぐ。鬼婆の身体が蜂の巣となり果ててしまうと思ったが、しかし――。

鉛の弾は鬼婆を素通りし、傷ひとつつけていない。鬼婆の動きを、

ぴたり、と止めただけだった。

鬼婆は縫いつけられた蛾《が》のように、虚空で固まっている。

それを見た上総介は、ふんと鼻を鳴らし、

「後はきさまの仕事だ」

と小風に言うと、さっさと姿を闇に溶かしてしまった。

さすがの仲吉も、すでに上総介の正体に気づいていた。

――第六天魔王、織田信長。

二百年ほど前に、〝天下布武《てんかふぶ》〟を掲げ、比叡山《ひえいざん》の焼き討ちを始め、数えきれぬほどのものを殺した男であった。

上総介――織田信長が闇に消えると、小風は右の手首に巻いていた赤い紐の束から、
しゅるり――――

――と、一本だけ引き抜いた。

「〝三途の紐〟だ。亡霊どもにこの紐を返してやらぬかぎり、連中は地獄へ堕ちることすらできない」

ぽかんとしている伸吉に聞かせているつもりらしい。そしてその〝三途の紐〟を、ふわりと虚空高く放り投げ、

「唐傘小風の名の下に、現世《うつしよ》より解き放つ。早々に三途の川を渡るがよい」

と言うや、唐傘を刀のように構え、

「えいッ」

の気合いとともに振り下ろした。

闇に光が走り、それを追いかけるように、

すぱん――
――と音が聞こえた。

見れば、紐は二つに切られ、闇の中へ消えていった。

蠟燭《ろうそく》の火でも消すように、鬼婆の姿も消えてしまった。

斬られたのは紐ばかりではない。

地獄の闇の景色にも亀裂が走り、みるみるうちに深川の墓の景色が戻ってきた。

そこには、上総介の姿も鬼婆の姿もなく、懐かしい寂《さび》れた墓地が広がっているだけであった。

3

ふと見ると、足元に熊五郎が転がっていた。高利貸しの使いっ走りは白目を剝いて、ぴくりとも動かない。

「死んじまったのかい？」

おそるおそる小風へ問いかけた。こんなふうに死なれてしまっては寝ざめが悪い。

「死んではおらぬ」

小風は相変わらず素っ気ない。

「熊五郎とやらに取り憑いていた悪霊が消えただけだ。目がさめれば、何もおぼえておらぬだろう」

「はあ……」

他に返事のしようがない。

見目麗しい若い娘に、いいところを見せてやろうと思ったのに、結局、助けられてしまった。我ながら情けない。これでは、小風にも嫌われてしまうだろう。

伸吉は落胆し、がっくりと肩を落とした。それを見て、小風は、

「なんだ？　わたしに取り憑かれたいのか？」

と、意地の悪い笑みを浮かべ、髪をまとめていた赤い紐をほどいた。伸吉の鼻先で、小風の長い黒髪が、ふわりと広がった。

小風のことは気になるが、やっぱり幽霊は恐ろしい。

そんなわけで、伸吉が返事に困っていると、急に、

「こいつはいかん。夜が明けてしまう」

小風が顔をしかめた。

見れば、東の空がほんのりと明るくなっている。もう少しすれば、お天道様《てんとう》が顔を出すだろう。いつもの朝がやってくる。それなのに、

「早く帰るぞ」

小風が焦っている。

そういえばこれまで、昼間に小風と会ったことがなかった。幽霊というだけあって、昼の光が苦手らしい。

しかし、早く帰ると言われても、寺子屋まで四半刻（三十分）はかかる。走って帰っても、お天道様が顔を出す前に帰ることは難しい。

「仕方あるまい」

そう言うと、小風は唐傘に横座りした。女人が馬に腰かけているように見えるが、腰かけているのは馬ではなく、赤い唐傘である。

例によって、伸吉は小風が何をしようとしているのか分からず、ぽかんと小風の姿を見ていた。すると、

「何を呆《ほう》けておる？　早く唐傘に乗れ」

と、小風の命令が飛んだ。

（唐傘に乗れと言われてもねえ……）

子供の遊びのようで、いくら伸吉だって気恥ずかしい。

「早くせぬかッ」

という小風の言葉を潮に、おずおずながら、伸吉は小風と並ぶように唐傘に座ってみた。

夕涼みよろしく、床几《しょうぎ》にふたりで腰かけているようだった。

唐傘一本にふたりが並んで座っているのだから、どうしても身体と身体がくっついてしまう。

小風の髪がさらさらと揺れ、甘いにおいを、ふわり、と撒き散らしている。

伸吉が、ぼーっとなっていると、

「ちゃんとつかまっておれ」

と、小風に叱《しか》られた。

「はあ」

と、伸吉は間の抜けた返事をして、小風の着物の端を、遠慮がちに、ちょこんと摑んだ。すると、いきなり唐傘が、
ふらりふらり――

――と宙に浮いた。

「え？　ええ？」

〝空飛ぶ唐傘〟なんぞもちろん乗ったことがない。ただでさえ鈍くさく、棚の上のものを取ろうと台に乗ってもふらつく伸吉は、唐傘の上でふらふらと揺れていた。

「暴れるな、落ちるぞ」

小風はそんなことを言っている。

伸吉は慌てて小風の腕を摑んだ。

ふたりを乗せた唐傘は火の見櫓《やぐら》ほどの高さまで浮くと、寺子屋へ向かって翔《か》けだした。

絵草子に描《か》いてある空飛ぶ馬のように、朝焼け間近の空、一本の唐傘が飛んでいる。

ふたりの横をカラスの八咫丸が、「カアー、カアー」と鳴きながら追従する。

「夢……」

鬼婆や織田信長、それに空飛ぶ唐傘である。絵草子や昔話にしても嘘の皮。こいつは夢だと思った方が腑《ふ》に落ちる。そんなことを考えていると、冷たい手で、ぐにり——

と、頬をつねられた。——痛かった。

すぐ近くに小風の顔があった。

小風が目だけで笑ってみせた。痛いのなら夢じゃあるまい。そう言いたそうに見えた。

取り立て屋もどうにかなったし、幽霊ではあるけれど美しい、娘もいる。

(世の中、捨てたもんじゃないねえ……)

と、伸吉がにやついたとたん、

「カアーッ」

八咫丸が鋭く鳴いた。

「いかん」

そんな言葉が小風の口からこぼれた。

いつの間にやら、お天道様が顔を出している。

徹夜明けとはいえ、伸吉にしてみれば気持ちのいい朝と言えなくもない。

顔を出したばかりのお天道様が清々《すがすが》しい。

ちらりと見れば、小風がこくりこくりと居眠りを始めていた。

何かと小生意気だが、寝てしまえば、十五、六の娘よりも幼く見える。

よほど疲れたに違いないと、仔猫でも見るように小風を眺めていると、頭が仲吉の肩に寄りかかってきた。小風の髪が仲吉の頬の辺りを、さらりと撫《な》でる。

そっと小風の肩へ腕を回しかけた刹那、中空で、

ぴたり――――
――――と唐傘が止まった。

それから、ふらふらと揺れ始めた。

「え？　ええッ、ちょ、ちょっと待っておくれよッ」

仲吉の悲鳴を合図とばかりに、唐傘は、一気に真っ逆さまに落下し始めた。

「ひえええ――――ッ」

という悲鳴を残して、御陀仏。このまま地べたに叩きつけられ、一巻の終わりとなり果てる姿を想像し、仲吉は涙目になった――そのとき、本所深川でいちばん高

い木の天辺あたりのところで、唐傘の落下が止まった。

右手で小風を摑んだまま、伸吉の身体が宙でぶらぶらと揺れている。襟の後ろを何かに引っ張られる感触がある。おそるおそる、首を曲げて見た。

八咫丸が嘴《くちばし》で伸吉をくわえていた。小風と伸吉の体重を一羽で支えながら、ふらりふらりと飛んでいる。

後で知ったことだが、小風はお天道様の光を浴びると寝てしまうようにできているらしい。

それはそれとして、八咫丸は、あっちへよたよた、こっちへふらふらと、頼りない。考えてみれば、小さなカラスが人ふたりをくわえて飛んでいる方が不思議だ。

八咫丸は寺子屋を目ざして必死に小さな羽をばたばたさせながら飛んでいく。伸吉の手にぶら下がっている小風は、目をさます様子もなかった。

其ノ二　伸吉、幽霊の師匠になるの巻

1

小風はお天道様を見ると眠ってしまう。

この日も、明け方、小風はふわりと床に倒れると、くうくう寝息を立て始めた。

「へえ、幽霊も寝息を立てるんだねえ……」

伸吉はどうでもいいことに感心した。

起きているときは、小生意気な娘でも、眠ってしまえば無邪気なものだ。

思わず、幽霊らしからぬ艶《つや》やかな頰へ、手を伸ばしかけたとき、

「カアー」

と耳元で八咫丸が鳴いた。

「ひぃっ」

仲吉は、驚きのあまり悲鳴を上げて、寺子屋の床に、ぺたりと座り込んでしまった。そして、

「そんなつもりじゃないよ」

とカラス相手に言い訳を始めた。

「カアー？」

八咫丸は、疑わしそうな顔で仲吉を見ている。おまえの言うことなど信じられん。そんな顔をしている。

「ええと、ええと」

仲吉は焦りだす。

寝ている隙《すき》に、頰へ触れようとしたことを小風に知られたら、どこぞの地獄へ堕とされてしまいかねない。なけなしの知恵を絞って、必死に言い訳を考えた仲吉は、やがて、ぽんと手を打った。

「こんなところで寝ると風邪を引くと思ったんだ、うん」

我ながら苦しい言い訳である。

「カアー？」

八咫丸も信じていないようだ。

そもそも幽霊が風邪を引くはずはない。

それでも他に言い訳が思い浮かばぬ以上、自分の言った台詞にしがみつくしかない。伸吉は立ち上がると、

「小風を、ちゃんと布団の上に寝かせないとね」

わざとらしい独り言をつぶやき、小風を抱え上げた。

思ったよりも軽い。

小風の髪がさらさらと流れ、甘いにおいが伸吉の鼻に届く。伸吉は小風の身体を抱きかかえたまま棒立ちになっていた。

そんな伸吉を見て、八咫丸が、呆れた声で、

「カアー」

と、鳴いた。

寺子屋は、厳密ではないが、朝五つ（午前八時）ごろから授業を始め、昼八つ（午後二時）ごろまで教えることになっていた。

気の早い寺子は、半刻も前に来て墨を磨《す》っている。早く来れば、それだけよい席に座れるとあって、真面目な子供ほど朝が早い。

祖母の卯女が死ぬまで、仲吉はのんべんだらりの無精暮らし。お天道様より早く起きたことなんぞなかった。そんな仲吉にしてみれば、子供たちが勤勉に見えて仕方がない。

しかも、卯女が厳しかったからなのか、どの寺子も一様に大人しい。仲吉の目を盗んで、

「へのこ」

と落書きをするものさえいない。慣れぬ仲吉がいい加減に出した宿題さえ、しっかりとやってくる。

（こいつは楽でいいや）

適当に文字の練習をさせておけば、一日は終わってしまう。仲吉は寺子屋が終わるのを今か今かと待ちながら、この日もすごした。

やがて、数少ない寺子たちも帰り、一刻二刻三刻とぼんやりしていると、暮れ六つ（午後六時）の鐘が、ごーんと鳴って、あっという間に日が落ちた。

ひゅうどろどろとお馴染みの音をさせ、小風が欠伸《あくび》を噛み殺しながら起きてきた。

幽霊だけあって、お天道様が沈むと元気になるようにできているらしい。

寺子屋の明日を案じて落ち込んでいる伸吉の頭を、小風は唐傘でぽかりと叩き、

「下らぬ心配をするでない」

と言った。

心配も何も、伸吉が寺子屋を継いでから寺子は減る一方なのだから、落ち込むなという方が無理である。

しかし、思い返してみれば、小風は熊五郎も退治してくれた。

（何か術でも使って、寺子を増やしてくれるかもしれないねえ）

そんな邪《よこしま》なことを考えていると、

また、ぽかり、と唐傘で叩かれた。

「卯女といい、きさまといい、ろくな一族ではないな」

小風は顔をしかめている。

ちなみに、祖母や一族の悪口を言われても言い返せないのは、何も小風の色香に迷っているばかりが理由ではない。

「まったく、とんでもない人間もいたものだ」

小風は卯女のことを思い出したのだろう、ますます苦々しげな顔を見せた。

「江戸で指折りの女師匠」と評判を取っていた祖母の卯女であったが、小風の言葉を信じるならば、ただの寺子屋の女師匠ではなかったらしい。

「食わせものもいいところだ」

小風は手首の〝三途の紐〟を伸吉に見せた。洒落や酔狂で巻いてあるわけではないことは知っている。

「卯女のものだ」

祖母の卯女は、どうやら伸吉と同じように、幽霊ものものけの類を見ることができたらしい。それどころか、どこぞの坊主から奪い取った霊験《れいげん》あらたかなこの紐を使って、幽霊を現世に縛りつけ、思うがままに操っていたという。

臆病者の伸吉としては、そんな気味の悪い紐など捨てたいところだったが、そんなわけにもいかぬ。

卯女は幽霊どもをこき使い、ずいぶんと恨まれていた。親の因果が子に報うというが、幽霊どもは、卯女が死んだ後も成仏できず、その血筋のものを憎んでいるらしい。

卯女と違い伸吉には、幽霊を思い通りにするほどの霊力はない。小風がいなければ、成仏できぬ亡霊どもに取り憑かれて骨と皮になるのが関の山だろう。

「未練のあるものは成仏できぬ。死んでも三途の川を渡れないのだ」

小風はそんなことを言った。

「だが、この世は人の子のものだ。幽霊がふらふらするところではない」

自分だって幽霊のくせに、と思いつつ、伸吉は小風に聞いてみた。

「未練がなくなれば、成仏するのかい？」

「普通はな」

こくりと小風はうなずいた。

(小風は、どうして成仏しないのかねえ)

小風も何かに未練があって、この世をさまよっているのだろうか——。伸吉は首をかしげた。

「現世《こちら》に父がいる」

伸吉の生まれるずっと昔、小風は医者の父とふたりで、この寺子屋で暮らしていたところ、大火にあったらしい。

「わたしも父も焼け死んだようだな」

火に巻かれ、気がつくと三途の川に立っていたと小風は言った。

「最初は父もいたのだがな」

三途の川を渡るときになって、小風の父の姿は消えてしまったという。

「心残りがあったのかもしれぬ」

父ひとり子ひとりの暮らしを送っていた小風も、現世へ戻って来たというわけらしい。

「さがしに行かないのかい？」

伸吉は聞いた。

「江戸は広い。人も多いが幽霊も多い」

小風は淡々と答える。

かつて暮らしていた寺子屋にいれば、いつか父が顔を見せる。きっと、小風はそう思っているのだ。

(それまで成仏しないつもりなのかねえ)

例によって小風は伸吉の心を勝手に読み、

「なんだ、わたしが邪魔なのか?」

そんなことを言い出した。

邪魔なわけないじゃないか——。

と、言いかけて言葉をごくりと呑み込んだ。

小風は見かけこそ美しいが、この世の娘ではない。ずっと居着かれても、それはそれで困るような気がする。

「ふうん。——じゃあ、出て行く」

小風はそう言うと、肩に八咫丸をのせて歩きだした。

「ちょ、ちょ、ちょっと」

伸吉は慌てて呼び止めた。

小風は立ち止まると、

「なんだ?」

と、伸吉を見た。小風の目に吸い込まれるように、伸吉の咽喉《のど》から、

「邪魔じゃない」

そんな言葉が飛び出した。幽霊相手なのに、顔が火照《ほて》ってくるのが分かる。

「ふうん」

小風は、再び、鼻を鳴らす。

心ノ臓がどきどきと、追い駆けっこをした後みたいに苦しい。小風の言葉が待ち遠しくて仕方なかった。

永遠にも思える沈黙の後、小風がようやく言った。

「じゃあ、ここにいてもいいのか？」

「うん」

伸吉は子供のように、こくりこくりと何度もうなずいた。それを見て、小風はにんまりと笑い、言ったのだった。

「分かった。いてやる」

どうして成仏しないのかも、有耶無耶《うやむや》になってしまった。これも小風の計画通りなのだろう。

やっぱり小風は性悪《しょうわる》な幽霊なのかもしれない。

2

複雑な気分の伸吉を尻目に、小風は何事もなかったかのように話を続けた。

「――問題なのは未練のある連中じゃない。邪な力で、この世に縛りつけられている幽霊どもだ」

と、舌打ちした。

邪な力と言われても、伸吉にはぴんとこない。怪訝《けげん》な顔の伸吉に、

「卯女だ」

小風の言葉が飛ぶ。しかも、

「何もかも、きさまの祖母が悪い。元凶だな。地獄の鬼より性悪だな」

ひどい言われようだった。

さすが、何か言い返してやろう、と口を開きかけた伸吉を遮るように、小風は言葉を重ねる。

「未練のない幽霊どもを成仏させず、この世に縛りつけ、手下にしていたのだ。——どこをどう見ても、ひどかろうが」

そう言われると、ぐうの音も出ない。

「まあ、卯女が生きている間は、まだましだったがな」

幽霊どもは卯女に怯え、そして、その霊力に縛りつけられ、おとなしくせざるを得なかった。

しかし、卯女は現世に幽霊どもを縛りつけたまま死んでしまった。

幽霊どもを現世に縛りつけていた証《あかし》が、小風の手首に巻かれている〝三途の紐〟であった。

「これを連中に返してやらぬかぎり、成仏できぬようになっている」

困ったことに、問題はそれだけではないという。

「連中は卯女を恨んでいる」

縛りつけられ、こき使われたのだから仕方がない。しかし、卯女はこの世にいない。現世でさまようことなく、とうの昔に成仏しているという。

「だから、連中は、卯女の血を引くものに仕返しすることに決めたのだろうな」

小風はそう言って、卯女の血を引くもの——すなわち、伸吉をちらりと見た。

「そんな——」

なるほどと納得できる話ではない。伸吉が何をしたわけでもないのに、これから先、数えきれぬほどの幽霊どもに付け狙《ねら》われるというのだから。

小風は、今にも泣きだしそうな伸吉の肩を、ぽんとやさしく叩いた。

「諦めろ」

ちっとも慰めになっていない。

困ったことはそれだけではない。幽霊も怖いが、今は寺子屋の寺子が減ってしまったことが問題だった。

生身の人である伸吉としては食っていかなければならない。銭を稼がなければ干上がってしまう。

「この近くに目ぼしい寺子屋はほとんどなかろう」

小風は詳しい。

何年か前までは、この辺りにも子供が集まっている寺子屋がいくつもあった。それも卯女が幽霊をけしかけて潰《つぶ》してしまったという。

そもそも、寺子屋の師匠は儲《もう》からない。

大きな町家の子供なら、一両の四分の一にあたる一分を束脩《そくしゅう》として持って来ることはあるが、金のない家の子は銭を払うかわりに日々の飯の菜や菓子で済ませてしまう。それでも寺子が多ければ、差し入れが多いだけに食うに困ることはないが、金持ちにはなれない。

卯女は、細々と暮らしていた寺子屋を、あくどく幽霊を使って潰してしまったわけで、考えてみればひどい話である。卯女に潰され、食い扶持《ぶち》を失った師匠たちのことを思うと胸が痛むが、他人様《ひとさま》の心配をしている場合ではなかった。銭どころか、明日の米さえおぼつかない。一刻も早く寺子を集めなければ飢え死んでしまう。

(何とかしないとねえ)

仲吉は頭を抱えてばかりいた。

3

こん、こん。

と、戸を叩く音が聞こえた。

寺子屋に、暮れ六つ過ぎの客は珍しい。

（また、熊五郎さんかねえ……）

熊五郎に取り憑いている悪霊は小風に退治してもらったものの、借金までなくなったわけではない。

銭がないと小風に愚痴ってみても、

「借りた金を返すのは当たり前だ」

と、素っ気ない言葉しか返ってこない。伸吉が出ようか居留守を使おうか、ぐずぐずと悩んでいる間も、
とん、とん。

と、戸を叩く音が続いている。

熊五郎にしては、おとなしいような気がする。

（寺子屋に入りたがっている子かねえ。辞めていった子供かもしれないね。他の寺子屋へ行ってはみたものの、やっぱりここへ戻って来たいとか。でも、きまりが悪いものだから、暗くなってから来たんじゃないかねえ）

予想というよりは妄想そのものの伸吉の考えに、それまで小風の肩で黙っていた八咫丸が、

「カアー」

と、気の抜けた声で鳴いた。

「夜更けに、こんな寺子屋へ訪ねて来る者など、借金取りか幽霊に決まっている」

小風がにっこりと笑いながら不吉なことを言う。

「まさか……」

「娘の幽霊かもしれぬぞ。よかったな、馬鹿師匠」

からかわれていることくらい分かっているが、こんな笑顔を見せられては怒るに怒れない。

「卑怯《ひきょう》だよ……」

思わず、つぶやくと、

「ん？」と、これまた小風が可愛い顔で、こっちを見る。

ここで気の利いた台詞のひとつでも口にできれば恰好もつくが、伸吉は伸吉。しどろもどろになるのが関の山だった。

こん、こん。

また、音が聞こえた。

溺れる者は藁をも摑む。伸吉は、

「今、開けるから待っておくれ」

と、幽霊か取り立て屋か分かったものじゃない客人を、いそいそと出迎えに飛んで行った。

小風と八咫丸には馬鹿にされたが、どこかでこの「こん、こん」を、寺子屋へ入りたがっている子供だと思ってもいた。

(だって、あの戸の叩き方は子供のものだもの)

いくら半端な師匠だって、子供相手の商売をやっているのだから、幽霊やカラスよりは子供に詳しい。

いや、詳しくないとしても、戸を叩く音の主が、大人のものか子供のものかくらいの区別はつく。とんとんこんこんと鳴り続いている音は小さく、少なくとも大人の男が叩いているようには聞こえない。

はたして、戸の向こう側から、幼い女児の声で、

「仲吉師匠はいらっしゃいますか？」

と返ってきた。

(やっぱり弟子入りじゃないか)

仲吉は誇らしい気持ちになる。

小風に、いいところを見せてやろう。そんなつもりもあって、

「どなたかな？」

と、わざとらしく大声を出してみたりした。

しかし、戸の向こうの女児は相手にしてくれぬ。

「早く開けてくださいませんか？」

戸の向こうから、女児に急《せ》かされた。

ずいぶん、おませな口をきく子供らしい。それでも、乱暴な口をきく美しい娘や生意気なカラスよりは、ましである。

「今、開けよう」

と、仲吉は師匠口調で言うと、閂《かんぬき》を外し戸を開いた。そこには、

「今晩は」

と、おさげ髪の女児が立っていた。九つか十くらいに見えるが、伸吉なんぞよりよほど賢そうな顔をしている。

やはり寺子屋へ入りに来たのだ。

しかし、それにしては、母なり姉なりの姿が見えない。

おさげ髪の小娘が、たったひとりで、ちょこんと立っているだけである。

本所深川は日本橋あたりのお上品な町とは違って、

「寺子屋？　あん？　勝手に行きゃあいいだろ」

と、乱暴なことを言う親もいないことはないが、まあ、そういう場合は、たいがい束脩も見込めぬ貧乏な町人である。

(きれいな恰好をしているねえ)

赤い振袖を着て、黒塗りの下駄なんぞ履いている。貧乏人どころか大店《おおだな》の娘に見える。

ちょいと生意気に思えぬことはないが、口のきき方も一人前で、

「このような時分にすみません。伸吉師匠にはお初にお目にかかります」

ぺこりと頭を下げ、呉服屋の娘・しぐれと名乗った。

(見たことのない子だねえ)

伸吉は娘——しぐれを見て、首をかしげる。

日頃からぼんやりしていて、物覚えにも自信のない伸吉であったが、いくら何でも町内の連中の顔くらいは覚えている。

掃《は》き溜《だ》めに鶴ではないが、こんなに目立つ娘を忘れるわけもない。しぐれという名前を聞いた記憶もなかった。

「ええと……迷子かい?」

江戸は迷子が多い町である。

行逢い橋のたもとの近くだけあって、このあたりで迷子を見かけることも珍しくはない。

しかし、たんなる迷子なら、伸吉の名を知っているのもおかしな話である。

「迷子ではありません。伸吉師匠にお話があって参りました」

しゃんとした口振りだった。

「はあ……」

例によって伸吉は頼りない。これでは、どちらが迷子か分かったものじゃない。

それでも、家の場所くらいは聞いておこうと思い、

「おとっつぁん、おっかさんはどこに住んでいるんだい？」

と、尋ねてみた。

ほんの一瞬、しぐれは言いよどんだが、

「本所の北割下水《きたわりげすい》の先にある〝かみはり長屋〟におります」

そんなことを、すらすらと答えた。

〝かみはり長屋〟――名前からして貧乏長屋であろう。

生まれも育ちも本所深川の伸吉は、場所を聞けば、どんな連中が暮らしているか分かる。

（それにしては、ずいぶん高そうな着物だねえ）

しぐれの恰好は〝かみはり長屋〟とやらの連中の子供にしては上等すぎる。裕福な商人《あきんど》の娘にしか見えない。しかも、北割下水だとこの寺子屋まで通うにも遠すぎる。

「ええと……」

戸惑う伸吉の心を見透かしたかのように、しぐれがしゃらんとした口調で説明し

た。

「兄の代理で参りました」

「え？　兄？　代理？」

そんな仰々しいことを言われても、これまた心当たりがない。うんうん唸《うな》って、ようやく思いついたのは、

「お兄ちゃんはうちの寺子屋に通ってるのかい？」

兄の忘れ物をしっかり者の妹が取りに来るのなら、辻褄《つじつま》もあう。しかし、

「違います」

しぐれは首を振った。

「お金を返してもらいに参りました」

「へ？」

いくら伸吉だって、こんな小娘に金を借りたりはしない。

物わかりの悪い伸吉に、しぐれはため息をついた。

「わたくしが貸したのではありません。——だから兄の代理です」

伸吉が金を借りたおぼえがあるのは、今のところ、ひとりしかいない。

「まさか……」

「はい。熊五郎の妹のしぐれでございます」

「……………」

思わず黙り込んだ伸吉に、しぐれは、

「兄の代わりに、お金を返してもらいに参りました。伸吉師匠のところに、お金の取り立てに来ている熊五郎の妹のしぐれです。初めてお目にかかります」

と言った。

「熊五郎……さんの妹……って？」

まるで似ていない。目の前にいるのは、がさつな乱暴者の熊五郎とは正反対の、利発そうな娘だった。

呆然《ぼうぜん》としている伸吉を見て、しぐれは身元を疑われているとでも思ったのか、

「証文を持って参りました」

ますます利口そうなことを言うと、伸吉の名が書かれている証文を突き出した。

「はあ」

受け取ってみると、確かに本物の証文である。しぐれとやらは、本物の熊五郎の

妹であるらしい。それにしても、

(おかしいねえ)

仲吉は首をかしげる。

町内の人間とは付き合いの浅い熊五郎ではあったが、それでも一年も深川で暮らしているのだ。妹がいるなら、見おぼえくらいはありそうなものだ。

さらに、気になることがあった。

「熊五郎さんはどうしているんだい?」

小風の唐傘のせいで怪我でもされていては後味が悪い。ましてや、こんな小さな妹がいることを知ってしまっては、気にするなという方が無理というものだ。

「兄は寝込んでおります」

しぐれは答えた。

(やっぱり、唐傘のせいなのかねえ)

地獄だけでなく、織田信長の鉄砲隊に撃たれたのだ。仲吉のやったことではないが、気が引ける。

「頑丈だけが取り柄の兄ですから、そのうち元気になります」

しぐれは言いたいことを言っている。

そうこうしているうちに日が落ちてきた。

「もう遅いから帰った方がいいんじゃないのかい？　夜は怖いよ」

そんなことを言ってみる。

しかし、しぐれはどこ吹く風。涼しい顔で、聞き返す。

「何が怖いのですか？」

「幽霊とか出るんだよ」

傍《はた》で聞いていると、子供騙《だま》しの台詞にしか聞こえぬが、この寺子屋に幽霊が出るのは嘘ではない。

「もう出てます」

「へ？」

伸吉の目が丸くなる。と、同時に、深川に住んでいるはずのしぐれの姿に、とんと見おぼえがない理由が分かった。

「もしかすると……？　まさか……？」

「はい。そのまさかです。――わたくしは幽霊というやつみたいですね」

と、しぐれは言った。

4

なぜか、しぐれはそのまま寺子屋に居着いてしまった。小風とふたりきりでなくなったのは残念だが、もともと八咫丸という邪魔者がいるのだから、それほどがっかりはしていない。しかし、

「ここのご飯は美味《おい》しいです」

「うむ。飯だけは旨《うま》い」

「カアー」

この連中、彼岸の者と思えぬほど、よく食うのだった。

そんな大飯喰《ぐ》らいどもに伸吉は聞いてみた。

「幽霊ってやつは、お線香の煙を食べるんじゃないのかい？」

だから仏壇に線香を上げると聞いた記憶がある。線香を絶やすと仏さまが腹を減らす。年寄り連中はそんなことを言っていた。

が、目の前の連中ときたら、

「煙ですか？　そんなものは食べません」

「当たり前だ、馬鹿者」

「カアー」

と言っては、魚だろうと玉子だろうと、ばくばく食べる。遠慮というものを知らない連中だ。

あっという間にお櫃《ひつ》が空になっていく。伸吉は、まだ一口も食べていない。ぐるぐるるると腹の虫が情けない音を立てた。

「ちょっと、あたしの分も残しておいておくれよ」

自分の家の飯なのに、なぜか頼んでしまった。強く言えないところが、我ながら情けない。

「ん？　まだ食べてなかったのか？」

頬に飯粒をつけた小風が、伸吉を見る。

「先に済ませたのではなかったのですか？」

「カアー」

幽霊どもは好き勝手なことを言っている。

結局、幽霊とカラスに飯を全部食われてしまった。伸吉の腹がぐるるぐるると鳴っている。

暮れ六つすぎの逢魔《おうま》が時《とき》、伸吉は、空腹を誤魔化すために、散歩していた。背中から、さくさくと乾いた砂を踏むような足音が聞こえた。藍《あい》色の綿服に深編笠《ふかあみがさ》を被った虚無僧《こむそう》が尺八片手に歩いて行く。

本所深川では虚無僧など珍しくもない。

本来、虚無僧というのは有髪の僧の一種であるが、この辺りを歩いている虚無僧は、恰好だけ真似《まね》した物乞いにすぎなかった。商家の前で、これ見よがしに立ち止まり、いくばくかの銭をせびったりする。

そんな虚無僧ですら、みじめに腹を減らしている伸吉のことなんぞ相手にしない。ちらりと見ただけで、さっさと行ってしまった。

伸吉が、ぐるるぐるると腹を鳴らしながら歩いていると、やけになれなれしい女の陽気な声が聞こえた。

「あら、若師匠じゃないかえ」

八百屋のおかみさんだった。八百屋の娘は、残り少ない寺子屋の教え子の一人だ。

空腹で引き攣《つ》りそうになる顔を、無理矢理に歪め、精いっぱいの笑顔を作ってみせた。おかみさんに嫌われては、ただでさえ少ない子供がさらに減ってしまう。

しかし、八百屋のおかみさんは、必死の伸吉の笑顔を見て、

「腹でも痛いのかい？」

と、腹下しと決めつけた。愛想笑い一つできないくらい腹が減っていたが、

「ええ、ちょいと食い過ぎまして」

下らぬ見栄を張ろうとした。すると、
ぐるると、嘘の嫌いな腹の虫が鳴きだした。見栄も何もあったものではない。

祭りの提灯《ちょうちん》よりも真っ赤になった伸吉に、

「あらまあ」

と目を丸くしたおかみさんは、

「そいつは食い過ぎじゃなくて、食い足らずだよ、若師匠」

そんなことを言いながらも、残り物らしき握り飯が二つばかり入った包みをくれ

た。

「ちゃんとお食べよ」

八百屋のおかみが行ってしまうと、いよいよ空腹が耐え難くなった。しかし、いくら〝こんにゃく師匠〟でも、人の往き来しているところで食うのは、ちょいと気恥ずかしい。

仲吉は通りから外れた野原へやって来た。すると、

「みゃあ」

痩《や》せこけた野良猫が寄って来た。まだ生まれて間もないらしく、仲吉の手のひらに乗ってしまいそうだった。艶やかな毛並みの黒猫だったが、長いこと食っていないのか、骸骨《がいこつ》みたいに見える。

「ふみゃあ……」

儚《はかな》げに鳴いたかと思うと、仲吉の目の前で、ことりと倒れてしまった。驚いた仲吉は、

「おい、どうした?」

と、猫が人語を操れるわけもないのに、思わず聞いてしまった。

つつんと突《つつ》いてみると、仔猫は死んだのではないらしく、伸吉のことを見ている。痩せてはいるが病気にも見えない。

早く握り飯を食いたいが、いくら猫でも目の前で倒れられては気になる。伸吉は首をひねりひねり立っていた。すると、

ぎゅるると、仔猫の腹が、どこかで聞いたような音を出した。

――腹を減らしているらしい。

仔猫は伸吉に寄って来たのではなく、握り飯に誘われてやって来たのだ。辿《たど》り着いたまではよかったが、空腹のあまり、ことりと倒れてしまったというのが真相なのだろう。

「猫なんぞ知ったことか」

と言い捨てると、伸吉は握り飯を頬張ろうと口を開きかけた。

「みゃあ……」

弱々しい声で仔猫が鳴いた。

伸吉は握り飯を口へ放り込むことができない。

握り飯を右手で持ったまま、蠟細工の人形のように固まっていた伸吉であったが、

小さくため息をつき、握り飯を包みに戻すと、

「分かったよ。あたしの負けだよ」

と言いながら、しゃがみ込んだ。

八百屋のおかみさんにもらった握り飯は二つあったので、そのうちの一つを仔猫にやろうと思ったのだ。

やると決めたのだから、すんなりとくれてやればいいと自分でも思うが、腹が減っていると気前よくなれない。

「いいかい、一つだけだよ。あたしだって、お腹《なか》が空《す》いているんだからね」

未練がましい言葉が口から飛び出す。

そんな伸吉に、仔猫なりの返事のつもりなのか、

「みゃぁぁ……」

と、弱々しく鳴いてみせた。

いくら野良猫でも目の前で死なれては困る。伸吉は、慌てて包みを仔猫の鼻先へ突き出した。

これがいけなかった。

半死半生に見えた仔猫が、音もなくすばやく起き上がり、包みごとくわえると、脱兎《だっと》の素早さで駆けだした。

「おい……こら……」

と叱ってみたところで後の祭り。

空腹を抱えた伸吉のはるか遠くを仔猫は駆けて行く。

「返しておくれよ……」

伸吉はがくりと膝《ひざ》をつく。腹が減りすぎて、追いかけることなんぞできなかった。

そんな伸吉をあざ笑うかのように、どこかでカラスが、

「カアー」

と鳴いた。

そろそろ真っ暗な夜がやってくる。

5

伸吉の不幸は、こんな会話から始まった。

「何の代償もなく、鬼界の連中を使えるわけはなかろう」

小颪は言う。

「仕事をさせたからには、それなりの見返りを与えねばならぬ」

心なしか、小颪の男言葉が、ほんの少し震えたような気がした。

——地獄の沙汰《さた》も金次第。

そんな文句が伸吉の脳裏に浮かんだ。しかし、

「金ではない」

違うらしい。

「金で済むような連中ではない」

小颪は舌打ちする。恐ろしいというよりは面倒なことであるようだ。

「あの……」

おずおずと伸吉は口を挟む。

「なんだ?」

「あたしにできることなら——」

と、思わず言いかけたところで、

「そうか」

小風が飛びついてきた。

「それは助かる」

「はあ……」

自分の言葉を後悔したが、ここまで喜ばれては取り消せない。口は災いのもと。そんな俚諺《りげん》が思い浮かんだ。

伸吉の後悔を知ってか知らずか、小風は上機嫌になり、

「では、今夜から馬鹿師匠に頼むことにしよう」

と、勝手に決めてしまった。

「今夜……？　頼むって？」

「夜になれば分かることだ」

小風は言った。

草木も眠る丑三つ時に、行灯《あんどん》の炎がゆらりゆらりと揺れている。

伸吉の寺子屋は、明暦の昔からある屋敷だけあって無駄に広い。ゆったりと暮ら

すことができた古きよき時代の建物だった。

寺子屋の中も、昔からある板壁造りで、師匠の座る席だけ縁《へり》のついた畳を敷いてある。寺子屋の定石通り、子供の座る席は縁なしの安い畳を使っていた。

二十人どころか三十人も入る寺子屋であるのに、仲吉が師匠を継いでからというもの、子供の数より閑古鳥の方が多い始末。文机《ふづくえ》だけが並んでいるところなんぞ、さながら墓場のようであった。

寺子屋の手習いなんていうものは、朝の五つに始まって昼すぎには終わってしまうようにできている。

日が落ちるとがらんとしてしまい、臆病な仲吉は、幽霊の小風やしぐれと暮らしているくせに、

「お化けでも出そうだよ」

などと言って近寄らなかった。丑三つ時に、小風が寺子屋で何やらやっていることは知っていたが、覗いたこともなかった。

だがこの日は違っていた。

真夜中過ぎに、仲吉は寺子屋へ向かって歩いていた。気が進まないのか、蝸牛《かたつむり》よ

りもゆっくり歩いている。

その伸吉の後ろを小風が歩いている。見ようによっては、伸吉のことを見張っているようにも見える。ときどき、

「さっさと歩け」

と、唐傘で突っつくのだった。

そんなこんなで、入り口まで来たところで、伸吉は立ち止まり、おそるおそる小風に、

「あの……」

と話しかけた。寺子屋の中へ入りたくないのだ。伸吉の考えていることなんぞお見通しの小風は、

「約束しただろ」

と、伸吉の話を聞きもしない。

仕方なく戸を開いたものの、

(なんで、あたしだけがこんな目に……)

我が身を呪《のろ》いながらぐずぐずしていると、小風が、

「早く入れ」

と突き飛ばした。

まさか突き飛ばされるとは思っておらず、よたよたと寺子屋の中へ倒れ込んだ。

「うわあああ……あ……」

上げかけた悲鳴も続かない。

教場に集まったものたちを目《ま》の当たりにして、伸吉の呼吸は止まりそうになった。

かちんこちんに固まってしまった。

誰もいないはずの丑三つ時の教場が、人影でぎっしりと埋まっている。何やら、ざわざわと騒々しい。

それが、よろけながら教場へ入ってきた伸吉の姿を見て、静まり返った。

「……………」

気の遠くなるような沈黙の後、人影たちがひそひそと話し始める。伸吉のことを話しているらしい。

聞きたくもないのに、伸吉の耳に連中の話し声が入ってくる。

「なんだ、あれは？」

「新しい仲間じゃないのか？」

「仲間？　おれには人に見える」

「人の子にゃ？　確かに、旨そうなにおいをさせているにゃ」

嫌な沈黙が流れた。

そして、一瞬後、教場の暗闇から、

「一口でいいから食わせろにゃあああッ」

と、猫骸骨が浮かび上がった。猫の髑髏《しゃれこうべ》が動いている。

「ひぃいぃいぃいぃ――」

あまりの出来事に、伸吉は気を失いそうになる。

「こ、こ、こっちへ来ないでおくれよ」

そう言うだけで精いっぱいだった。

猫骸骨は聞いちゃくれない。牙と爪を剝き出しにして、

「一口でいいにゃあああッ」

伸吉の喉笛めがけて一直線に飛んで来る。

猫の幽霊をはじめて見た伸吉は、そんなものがいるなんて、考えもしなかった。

しかし、考えてみれば当たり前のことで、幽霊というのは人だけではない。動物だって幽霊になる。人だけにあの世があるというわけではあるまい。

猫骸骨の他にも、教場には赤猿や烏帽子《えぼし》を被った蛙や訳の分からない化け物たち、ついでに、しぐれと、ビロードのマントをまとった上総介の姿もあった。

「助けておくれ」

伸吉は叫ぶが、連中は動こうとしない。

ただ、前の席に座っている黒い僧衣を着た虎和尚《とらおしよう》と狼《おおかみ》和尚が、松竹梅の絵の描いてある扇子をひらひらさせながら、

「南無阿弥陀仏、南無阿弥陀仏」

と、怪しげなお経を唱えてくれた。

伸吉はばたばたと逃げようとするが、すでに猫骸骨は間近に迫っている。化け物たちが、お陀仏になりそうな伸吉のためにお経を唱え始めた。しぐれも、お経を唱えている。

怪しげなお経の中、伸吉の喉笛に猫骸骨の爪が突き刺さる寸前、目の前で、

ぱらり――――と朱色の唐傘が広がった。

猫骸骨は止まることができず、開いた傘に激突し、

「ふぎゃん」

と、悲鳴を上げた。

ただの唐傘のはずなのに、猫骸骨は壁にぶつかったみたいに、ずるずると床に崩れ落ちた。

ほんの一瞬、南無阿弥陀仏の合唱が止まったが、崩れ落ちた猫骸骨を見て、化け物たちが、いっそう大きな声で、再びお経を唱え始めた。

何がどうなったのか分からぬが、とりあえず助かったらしい伸吉は、ふうと息をつき、唐傘の持ち主――小風に、

「ありがとう」

と、頭を下げた。

小風に突き飛ばされて教場に入ったことを、すっかり忘れている。

小風は伸吉を無視すると、南無阿弥陀仏、南無阿弥陀仏と唱え続けている化け物連中を、

「うるさい。いつまでやっている。やめんか」

と一喝し、開いたままになっていた唐傘を、
くるり――――

――――と回しながら閉じた。


とたんに猫骸骨が蘇生する。

猫骸骨は小風を見て、照れくさそうに、

「にゃん」

と鳴くと、自分の席へ戻っていった。

小風は、こほんと咳《せき》をすると、言った。

「生で人を食うと、腹をこわすと教えただろ？」

伸吉に襲いかかった猫骸骨への説教らしい。

「食うなら、ちゃんと火を通せ」

幽霊が化け物相手にする説教だけあって、言っていることがおかしい。

「――でもにゃ」

猫骸骨が口答えする。

「何だ？」

「今日は火の玉がお休みにゃから……」

伸吉を焼くことができず、仕方なく生で食おうとした、と言いたいらしい。

猫骸骨の言葉に、小風はふむふむとうなずくと、

「それも一理ある」

納得しかけている。

その言葉を聞いて、猫骸骨は、たらりとよだれを垂らしながら伸吉を見た。まだ伸吉のことを諦めていないようだ。

「あたしはねずみじゃないよ。おいしくないよ」

伸吉は呪文《じゅもん》のように唱える。ここで、ようやく、

「伸吉を食ってはいかん」

小風がまともなことを言ってくれた。

このまともな言葉が気に入らなかったのか、ぶうぶうと文句の声が巻き起こった。猫骸骨は御幣《ごへい》を振り、赤猿は両手に持った骨を叩いて大騒ぎしている。しぐれまでが、仲間に混じって、

「えー、あり得ないです」

などと言っている。

さらに、わあわあと奇声を発しながら、立ち上がって踊りだす連中までいた。人ではない連中だけあって、この世のものとは思えぬほど騒々しい。耳に、きんきんと響いてくる。

近所どころか深川中に迷惑がかかりそうな大騒動に伸吉は焦ったが、人間の子供さえ注意できないのに、化け物連中を静かにさせることなどできるわけがない。おろおろと途方に暮れるばかりで、注意ひとつできなかった。

化け物たちは調子に乗る。

寺子屋が壊れるほどの騒音となった。

今にも近隣の人が殴り込んで来そうな雰囲気となったとき、小風が、どんと壁を

叩いた。

「うるさい」

それほど大きな声ではなかったのに、化け物どもが、ぴたりと口を閉じた。

「騒ぐのなら帰るぞ」

小風が言うと、化け物連中は、

「すみません」

「ごめんなさいです」

「もうしませんにゃ」

「へえ……」

と、恐れ入ると、自分の席へと戻って行った。

化け物連中も小風には逆らえないようだ。小風が帰ってしまっては手習いにならない。そのことを恐れているのだろう。

（へえ。化け物なのに、勉強したいんだねえ）

「文字を習えなかったものもいるからな」

小風が言った。

鬼婆相手に上総介を呼び出したように、小風は幽霊を使うことができる。世の中、他人を動かしたら無料《ただ》で済まないのは当然のこと。幽霊たちは小風に代償を求めるのだった。

しかし、たいていの幽霊たちは銭では納得しない。そこで、小風は、幽霊や化け物相手に寺子屋で文字を教えていたのだ。

「ひとり教えるのも、ふたり教えるのも似たようなものだ」

今では、呼び出して使ったおぼえのない江戸中の幽霊や化け物たちが教えを請いに集まるという。

そうとも知らず伸吉は、

「あたしにできることなら――」

と、言ってしまったのだった。

そんなわけで、伸吉は化け物相手に寺子屋の師匠をやることになった。

(手習いねえ……)

昔から怠け者だった伸吉には、自分から学問をしたいと言いだす連中の気持ちが分からない。

（あたしだったら、もっと他のことを小風に頼むのにねえ）

小風とふたりで浅草あたりの茶屋に入り、膝枕《ひざまくら》をしてもらい……と、伸吉がろくでもない想像をしていると、
ぽかりと、唐傘で頭を叩かれた。

まさか、こんなところで叩かれるとは思ってもいなかった。

伸吉が、脳天を押さえて「痛い痛い」と呻《うめ》いていると、小風がため息をつき、

「猫骸骨に食わせた方がよかったみたいだな」

と、言った。

猫骸骨が、そんな小風の言葉を耳にして、うれしそうに御幣を振りながら、

「骨も残さずに食べますにゃ」

恐ろしいことを請け合っている。

伸吉は小風の背中に隠れようとしたが、小風にむんずと襟首を摑まれ、

「逃げてどうするつもりだ」

と叱られた。

当たり前のことだが、小風の顔がすぐ近くにある。

甘い香りに包まれ、伸吉は動けなくなってしまう。それこそ、借りて来た猫みたいな伸吉だった。

理由はどうあれ、頭ひとつ背丈の低い小娘に襟首を摑まれておとなしくなる男も珍しい。

小風は、借りて来た猫ならぬ伸吉を化け物どもの前に突き出し、

「今日から、これが師匠だ」

と、宣言して、さっさと教場から出て行ってしまった。

こんなふうに伸吉は化け物どもの前に取り残された。

——口は災いのもと。

子供相手の師匠さえ満足にできぬ伸吉が、見るも恐ろしい化け物相手に手習いを教えることになったのであった。

6

同じこと——ましてや、いろはの書き取りをずっとやっていれば、退屈するのは、

人も化け物も同じことらしい。

たとえ、化け物連中が平気であっても、教えている伸吉の方がくたびれてしまう。

一刻二刻とすぎたころに休みを入れた。

当たり前のことなのかもしれないが、化け物にも色々あって、伸吉に懐《なつ》くやつもいれば、近寄りもしないやつもいる。

意外なことに、伸吉に一番懐いてきたのが、

「師匠にゃ、師匠にゃ」

と、御幣を振る猫骸骨だった。

ことあるごとに話しかけてくる。猫の妖怪だけあって、人懐こくできているらしい。

ほんの数刻前に食われそうになった記憶が生々しく、伸吉も最初は距離を置いて接していた。

しかし、相手が猫の骸骨であっても好かれて嫌な気持ちはしないもので、いつの間にやら親しく口をきくようになっていた。

伸吉も猫骸骨も、寂しがり屋の上に、至って単純にできている。

呆気《あっけ》なく打ち解けてしまった。

百年も二百年も生きているだけあって、猫骸骨も伸吉の考えていることが、それなりに分かるらしい。

しかも、生きていたころはどこぞの芸者の飼い猫だったとかで、

「伸吉師匠は小風師匠と夫婦《めおと》になりたいのかにゃ？」

そんな艶めいたことも平気で口にする。

野暮で奥手な伸吉は目を白黒させながら、

「そんな……夫婦だなんて」

小風に「おまいさん」などと言われている絵を思い浮かべ、鼻の下を伸ばしてみたりしている。

しかし、言うまでもなく、伸吉は人の子で、小風は幽霊である。夫婦になれるとは思えない。

それ以前に、小風が伸吉のことを夫にしてくれるかどうか分かったものではないが、そこは目を瞑《つむ》ることにした。伸吉にだって夢は必要だ。

「人の子と幽霊の恋なんぞ、この世じゃあ無理なのかもしれないねえ」

夢を見すぎた伸吉は、色恋沙汰の芝居のような台詞を口にした。この台詞だけ聞くと、まるで、伸吉と小風が互いに恋い焦がれるふたりみたいに聞こえる。ものは言いようとは、このことなのかもしれない。

一方、芝居にも戯作《げさく》にも縁のなさそうな猫骸骨まで、くさい台詞をつぶやいた。

「人の世も不便にゃねえ」

何が不便なのかよく分からぬが、すっかり芝居の役者になりきっている伸吉は、深く考えもせず、

「この世で結ばれないなら、いっそ、あの世で」

と、どこかで聞いたような台詞を言ってみた。小風の姿が見えないからといって、好き勝手なことを言っている。

そんな伸吉に、

「さすが師匠にゃ」

猫骸骨が合の手を入れた。さらに、

「死ねば伸吉師匠も幽霊にゃ。お手伝いしますにゃ」

と言うと、しゃあと牙を剝いた。

「え？　ええぇッ」

　仲吉は目を剝いて逃げだした。

　この連中相手だと、色恋沙汰の芝居が、いつの間にか怪談になってしまうらしい。

7

　いつ食われるか分からない恐れはあったものの、化け物相手の手習いは、それほど難しいものではなかった。

　人の子相手の寺子屋で教えるのは、いわゆる「読み、書き、そろばん」であるが、化け物にそろばんは関係がない。

「いろは」と「一二三」の文字を教え込み、後は『江戸方角』で地名を学ばせればよいだけであった。

　これが人の子であれば、「読み、書き、そろばん」は生きるための術《すべ》として身につけなければならない。しかし、

「百年前とは、江戸の地名が変わっているにゃ」

そんなことを言っている化け物連中には、生きるの死ぬのは関係がない。誰ひとりとして、嫌々、寺子屋へ通ってきているものはいない。

「本当に熱心だねえ」

と、感心するくらい真面目な連中だった。

昼間の寺子屋へ通ってくる人の子たちも真面目であったが、しょせんは子供。母親に引きずられるようにして連れてこられる子もいる。居残りをさせれば泣きべそをかく。当たり前のことだが、寺子屋よりも親のいる家の方がいいのだろう。

が、化け物連中は、それこそ、帰れと言っても、

「まだ勉強するにゃ」

お天道様が顔を出すまで帰ろうとしない。

半端な伸吉のたどたどしい言葉を、一字一句、聞き逃すまいと必死である。特に、しぐれのように幼くして死んだ幽霊などは熱心だった。

「寺子屋に通いたかったんだろう。誰も彼もが通えるものじゃないからな」

小風はそんなことを言っていた。

そこそこ裕福で、平和な世の中に暮らしていると、寺子屋へ通えることが当たり

前になってしまう。教える師匠も教わる寺子も手を抜くことが多くなる。いい加減に時がすぎるのを待つようになってしまうのだ。

しかし、化け物連中は、生きている間の敵《かたき》討ちとばかりに「いろは」の手習いをする。しぐれなんぞも、

「いろはの練習は難しいのです」

と、言いながら、墨で鼻の頭を黒くしている。

根が単純な伸吉だけに、おのずと必死で教えるようになっていた。

いくら頼りない伸吉でも、化け物相手に師匠をやっていれば、人の子相手に怯えることはない。

ほんのちょっぴりではあったけれど、昼間の寺子屋指南も上達し、師匠らしく見えぬこともないようになってきた。

其ノ三 小風、夜歩きするの巻

1

化け物相手の寺子屋だって毎日やっているわけではない。人の子が休むのは天満宮参詣《さんけい》の毎月二十五日だが、化け物が寺子屋を休むのは、しとしとと陰気な雨の降る夜である。

「雨の日は連中も忙しいようだな」

小風はそんなことを言っている。

伸吉は深く聞かぬことにしていた。おどろおどろしげな猫骸骨や虎和尚、狼和尚が、寺子屋のないとき、何をしているかなど知りたくもない。

そんなことより、他に知りたいことがあった。

雨の日になると、小風が姿を消すのだ。

化け物相手の寺子屋を伸吉に押しつけ、自分は唐傘片手にふらりとどこかへ消えてしまう。

(どこに行っているんだろう?)

伸吉は気が気じゃない。それなのに小風は、

「幽霊がふらふらするのは当たり前だ」

と言うばかりで、何も教えてくれない。

いつだって、一言《ひとこと》もなく、夜の本所深川へ出て行ってしまう。

「カアー……」

四六時中、小風の肩にのっている八咫丸までが、雨の日に限っては、お留守番だった。

「お姉さまはどこへ行っているのですかねえ」

と、しぐれも首をかしげていた。

化け物連中でもいれば気が紛れるが、雨降りで暇を持て余していると、小風のこ

とが気になってしまう。夜なのだから寝ればいいようなものだが、すっかり夜更かしをするくせがついてしまった。

人の子相手の寺子屋は昼八つ（午後二時）すぎには終わってしまう。夜は化け物相手の寺子屋があるとは言え、暮れ六つすぎまでたっぷり昼寝しているわけだから寝不足というわけでもない。

そんなある日の、草木も眠る丑三つ時しととと陰気な雨の降る中、小風が赤い唐傘を片手に、堂々と寺子屋から出て行こうとしている姿を見て、伸吉はつぶやいた。

「こっそりつけてみようかねえ……」

するると、しぐれは言った。

「見つかったら叱られますわ」

「カアー」

八咫丸も同じ意見らしい。

しかし、このふたりも小風の行き先の見当もつかないようで、何やら考え込んでいる。

いつも一緒の八咫丸まで置いて行くのだから、興味を持つなという方が無理であろう。しかし、

「見つからずに、小風お姉さまの後をつけるのは難しいですわ」

「カアー」

「無理だろうねえ」

するとと、暇を持て余していたしぐれが、

「わたくしがお姉さまに聞いて参ります」

と、小風のところへ、とことこ歩いて行った。

幽霊は幽霊同士というわけでもあるまいが、伸吉が聞くより、すんなり教えてくれるような気もする。

「お姉さま」

「何だ？」

「聞きたいことがございます」

「ん？　無料《ただ》でか？　それとも、いくらか金を出すのか？　金を出すなら、何でも答えるぞ」

「……ごめんなさい」

しぐれはさっさと帰って来てしまった。それから、

「すみません、伸吉お兄さま。わたくしの力が及びませんでした」

明らかに懐を気にしている。このがめつい小娘ときたら、一銭だって出すつもりはないらしい。

「お姉さまは手強《てごわ》いです」

「あのねえ……」

そうこうしているうちに、小風は外へ出て行ってしまった。

しばらくすると、しとしとと降り続く雨音を縫うように、
こつ、こつ。

戸を叩く音が聞こえる。

「小風が帰って来たのかねえ」

伸吉の顔が明るくなった。しかし、これまで小風が戸を叩いたことなんぞ一度もない。いつだって、勝手気ままに入ってくる。それにしても、

こつ、こつ。

やたらと固そうな音だ。少なくとも、手で戸を叩いている音ではない。

よんどころない事情があって、戸が開けられず、唐傘で叩いている小風の姿が思い浮かんだ。

「今、開けるから」

伸吉は飛び出さんばかりの勢いで戸を引いた。

そこには、小風の姿――ではなく、

「伸吉師匠、こんばんにゃ」

御幣を振っている猫骸骨が立っていた。

化け物なんて、だいたいにおいていい加減な連中で、気まぐれに出て来たり消えたりするようにできている。猫骸骨も、ひょっこりと、寺子屋へ顔を出してみたのだという。

猫骸骨は、しぐれと八咫丸に「にゃあ」と挨拶をし、ぐるりと寺子屋の中を見渡した。物足りなそうな顔をしている。

「小風師匠はいないのかにゃ」

「どこかへ行ってしまいました」

しぐれが答える。

「どこかって、どこにゃ？」

名前を耳にしたせいなのか、猫骸骨も小風に会いたくなったらしい。

「それが分からないのですわ」

しぐれも寂しそうな顔をしている。八咫丸が、悲しげに「カアー、カアー」と鳴いた。

伸吉としぐれは、猫骸骨に小風の夜歩きを話して聞かせた。

すると、猫骸骨は、「にゃんだ、そんなことか」とうなずき、

「今度、雨が降ったら、小風師匠を追いかけるといいにゃ」

と、言った。

「お姉さまに見つかってしまいます」

「カアー」

しぐれと八咫丸が抗議する。伸吉だって、追いかけたいのは山々だが、あの小風

の目を誤魔化せるとは思えない。

猫骸骨は、笑っているつもりなのか、カタカタと顎の骨を鳴らすと、

「姿を消せばいいだけにゃ」

そんなことを言って、どこからともなく、新しい御幣を取り出した。

いつも持っている白い御幣ではなく、漆黒の闇色をしている。

「闇色御幣にゃ」

そう言われても何のことやら分からない。しぐれもきょとんとしている。

何の説明もしてくれない猫骸骨に苛立《いらだ》ったのか、八咫丸が大口を開けて、

「カアー、カアー」

と文句を言った。

猫骸骨はケタケタ笑うと、おもむろに闇色御幣を八咫丸の口へ突っ込んだ。

いきなりの出来事に、目を白黒させながらも、八咫丸は御幣をぱくりとくわえた。

びっくりした弾みで、頭ごと御幣を振ると、たちまち、八咫丸の姿が、
すう――――

――と寺小屋の薄闇に消えた。

「こいつは――」

伸吉は目を丸くする。

八咫丸がどこにいるのか分からない。幽霊が消えても不思議じゃないが、カラスの八咫丸がどろんと消えてしまったのだ。

「浅草の奇術師よりも凄《すご》いですわ」

しぐれも驚いている。

「木戸銭を取れますわ」

取り立て屋の妹だけあって、すぐに金勘定を始める。

猫骸骨は得意げに、にゃあと一声鳴くと、

「伸吉師匠に貸してあげるにゃ」

と、闇色御幣を三本、渡してくれた。

2

翌日も、しとしとと雨が降り続いていた。この日も、小風は、

「では、行ってくる」

と、いい加減に言い残すと、八咫丸を置いてどこかへ行ってしまった。

いつもなら、歯噛みしながら「行ってらっしゃい」と言うだけの伸吉であったが、今日はちょいと違う。

寺子屋の外へ出て、猫骸骨から預かった闇色御幣を取り出すと、上下に大きく振った。すると、伸吉の身体が闇色御幣と同じ色に変わり、すうと闇に溶けた。

姿を消した伸吉は、闇色御幣を片手に、小風の後を追った。

伸吉の後ろをしぐれと八咫丸も追いかけてくる。しぐれは闇色御幣を右手に持ち、八咫丸は嘴にくわえている。

人の目には見えないしぐれも、幽霊である小風に対しては、その限りでない。しかし、闇色御幣を使うと、幽霊の目からも見えなくなるらしい。

これだけでも面妖なのに、さらに奇っ怪なことには、闇色御幣を持ったもの同士は姿を見ることができるのだ。また、闇色御幣を手から離しても、しばらくは、目が闇に慣れているためなのか、それを持っていたものの姿が見えるのだった。

(雨でよかった)

仲吉は胸を撫で下ろした。

雨に濡れないように小風は唐傘を差している。いつかのように唐傘に腰かけて空を飛ばれたら、尾行などできやしない。

白い巫女衣装で闇夜に朱色の唐傘を差して歩く小風の姿は、夜空に耀《かがや》く星のように目立っていた。年がら年中迷子になっている仲吉ですら、小風を見失う心配はなかった。

「お姉さまは、どこへ行くのでしょうか?」

しぐれが小声で言った。確かに途中まで後をつけてみても、行き先がとんと分からない。

小風は唐傘を差したまますたすた歩いて行く。

「逢い引きでしょうか」

しぐれの言葉が、仲吉の胸にぐさりと突き刺さった。

これが人間の話であれば、

「こんな夜更けに逢い引きなんぞするわけがないよ」

と、言ってやるところだが、小風は幽霊。逢い引き相手だって、人の子とはかぎらない。

幽霊同士なら、夜更けに寂しい場所で待ち合わせしても、少しもおかしいことではない。

とたんに、仲吉の頭に、すらりと鼻筋の通った役者顔の二枚目幽霊の姿が思い浮かんだ。

（こんな男のどこがいいんだい）

自分の妄想に悶《もだ》え苦しむ。自分で勝手に妄想した幽霊に嫉《しっ》妬《と》するのだから、仲吉も苦労が絶えない。

同情してくれたのか、八咫丸が御幣をくわえたまま、仲吉の肩にのってくれた。ほんの少し、仲吉の肩が暖かくなった。

じめじめと降り続く雨のせいで、本所深川の夜道はぬかるんでいた。傘も差さずに歩いている伸吉は、ずぶ濡《ぬ》れになっていた。

雨のやむ気配はとんとなかった。


（え？　ここは……）

伸吉は自分の目を疑った。

嫉妬に胸を焦がしながらついて来た先は、伸吉が子供の時分に通っていた寺子屋だった。ここの師匠は、かってはたいへん穏やかな男であったが、今では〝雷師匠〟と呼ばれるほど、厳しいしつけで評判となっていた。こんな夜更けだというのに、教場からは、ほのかな灯《あか》りが洩れている。

「お姉さまは、年上の殿方がお好みなのでしょうか……。確かに、年上の殿方は、お金をしっかり貯め込んでおりますものね」

雷師匠のことはしぐれも知っているらしい。

「まさか……」

雷師匠はそんな柄じゃない。子供の時分に通っていたので、伸吉はよく知っている。そもそも雷師匠には、お雛《ひな》さまのように品のいい奥さんがいたはずである。

年の離れた夫婦など、その辺にいくらでも転がっているし、そもそも小風は幽霊で、明暦の大火の前の生まれらしいのだから、どちらが年上なのか疑問である。

いずれにせよ、小風と雷師匠の逢い引きなんぞ、しっくりこない。八咫丸も御幣をくわえたまま、不思議そうに首をかしげている。

そんな三人組を尻目に、小風はするすると煙のように寺子屋へ入って行ってしまった。

やはり逢い引きだろうか——。

伸吉たちは小風を追って、なぜか開けっ放しになっている雷師匠の寺子屋へと入って行った。

寺子屋の中は、線香の煙がもうもうと立ちこめていた。

さらに、薄暗い寺子屋の教場から、

「南無阿弥陀仏、南無阿弥陀仏」

と、どこかで聞いたようなお経が聞こえてくる。

(こんなところに、あの連中がいるわけはないよねえ)

伸吉は耳を疑ったが、煙の向こう側から僧衣姿の獣二匹が、否応《いやおう》なしに、目に飛び込んできた。

「南無阿弥陀仏、南無阿弥陀仏」

僧衣に数珠《じゅず》を持った虎和尚と狼和尚が、雷師匠の寺子屋でお経を上げていた。闇色御幣のおかげなのか、寺子屋に入ってきた伸吉たちに気づきもしない。お経を必死に唱えている。

教場の真ん中には、うんうん呻りながら布団にくるまって寝ている雷師匠がいた。恐ろしいことに、その布団を足のない連中が、

「うらめしや」

などと言いながら取り囲んでいる。

美しい小娘の小風と違い、どこをどう見ても、この世に迷った幽霊どもであった。お岩さんやお菊さんよろしく、顔が腫《は》れ上がったり崩れたりしている連中が、十人二十人と雷師匠を見おろしているのだ。

「ひぃ……」

伸吉は悲鳴を上げて、ぽとりと闇色御幣を落としてしまった。

とたんに、伸吉の姿が寺子屋の薄闇に浮かび上がる。

「人だ、人の子がいる」

細波《さざなみ》のように幽霊どもの囁《ささや》き声が広がる。

「人の子のくせに、昼だけではなく夜まで出てくるとは強欲な」

「どうしてくれようか」

「殺してしまえ」

「食らってしまえ」

「呪ってしまえ」

そんなことを言いながら、幽霊どもは恐ろしい目つきで、こちらを見ている。

「待っておくれよ……」

仲吉はしぐれと八咫丸に助けを求めた。

しかし、しぐれと八咫丸は、かくかくと小さくうなずくと、そそくさと仲吉から離れて行ってしまった。

次の瞬間、十八二十人のお岩さんやお菊さんが、仲吉めがけてくわりくわりと殺到する。

「人の子など死んでしまえ。死ね、死ね、死ね――」

幽霊どもの呪詛《じゅそ》が仲吉の耳を打つ。

逃げようにも、四方八方に幽霊どもの姿があるのだ。どこへ逃げればいいのか分からない。

再び、助けを求めようと、しぐれを見ると、この取り立て屋の妹ときたら、闇色御幣を持ったまま、虎和尚と狼和尚を真似るように、

「南無阿弥陀仏、南無阿弥陀仏。――仲吉お兄さま、成仏してください」

と、真面目な顔で唱えている。

仲吉のことを助けようという気なんぞ、毛ほどもないらしい。

ただでさえ臆病な仲吉が、おどろおどろしく顔の崩れかけたお岩さん、お菊さんに襲いかかられて立っていられるわけがない。ぺたりと腰を抜かし、死にかけた金魚のように、ぱくぱくと口を開けたり閉じたりしている。

幽霊どもが獣のような牙を剝き出しにして仲吉に飛びかかろうとした、そのとき、

ふわり――

――と、甘い桃の香りが広がった。

振り返ると、唐傘をぶら下げた小風が立っていた。

「人というやつは、手がかかるものだな」

「た、た、た、助けて……」

腰を抜かした姿勢のまま、伸吉は小風の袴に縋りつく。

千両役者〝唐傘小風〟の登場に、

（助かった）

と、思ったのもつかの間、

「どけ、鬱陶《うっとう》しい」

伸吉は、邪険に突き飛ばされて、ずべりと顔から教場の畳に転がった。

小風は、鼻の頭を畳に打ちつけた伸吉を見ようともしない。さらに、お岩さん、お菊さんのような幽霊どもを一睨《ひとにら》みすると、

「きさまらも面倒だ」

と、言い捨てた。

その言葉が気に障ったのか、幽霊どもは、

「幽霊のくせに、人の子の味方をするつもりか」

と、怒り狂い、伸吉を放り出して、一斉に小風に飛びかかってきた。

小風は涼しい顔で、手首の赤い紐をしゅるりとほどき、長い黒髪を頭の後ろで縛り上げた。そして、

「寺子屋で暴れるな、馬鹿幽霊ども」

と言うや、唐傘で、ぽかりぽかりと打ち据えていく。

傍で見ていると、幽霊どもが唐傘に吸い込まれていくようにも見える。それほど強く殴っているようには見えぬのに、唐傘に打たれると、ばたりばたりと畳に倒れていく。

瞬く間に十八人二十人の幽霊どもを倒してしまった。

「まったく、仕方がない連中だ」

小風は息も切らしていない。

幽霊たちを打ち据える小風の手並みに、それまでしっかり嘴に闇色御幣をくわえていた八咫丸も、思わず、

「カアー」

と鳴いてしまい、御幣を、ぽとりと畳に落としてしまった。

「八咫丸、おまえまで……」

小風が呆れている。

それを見たしぐれが、ひとりだけ仲間外れにされて寂しく思ったのか、闇色御幣を放り投げた。しぐれの姿も寺子屋の薄闇に浮かび上がった。

揃《そろ》いも揃ったふたりと一羽を見て、小風はため息をついた。

「暇な連中だ」

3

本所深川中が目をさましそうな大騒ぎを起こしたというのに、雷師匠はぐうぐうと高いびき。起きる気配どころか寝返りひとつ打たない。

もはや眠りが深いという話では済まないくらいに、眠りこけている。

伸吉が不思議に思っていると、例によって小風が心を読んだ。

「あれだけの亡者どもに憑かれていたら、くたびれるのは当たり前だ」

柳の葉のようにカタチの整った右の眉を、ぴくりと上げてみせた。

こんな些細《ささい》な仕草ひとつ見ても愛らしい。気まぐれな猫のようだ。こんなときだというのに、伸吉はぽかんと小風に見惚れてしまった。

「他に考えることはないのか？」

それから、寺子屋の隅で小さくなっているしぐれと八咫丸を見て、

「馬鹿師匠はともかく、おまえらまで何をしておる」

と、小風は、再び、ため息をついた。

「お姉さま、すみません……」

「カアー……」

しぐれと八咫丸は、消え入りそうなくらいに身を縮めた。伸吉と一緒にされたのが不本意であるらしい。

それを見て、虎和尚と狼和尚がケタケタ笑った。

いつの間にか、「南無阿弥陀仏、南無阿弥陀仏」の合唱が止まっている。

どこをどう見ても、逢い引きではないようだが、ここで小風が何をしていたのか、さっぱり分からない。

「おぬしは本物の馬鹿だな——」

と、小風が言いかけたとき、

「んん？　何だ？　どうして、ここに仲吉がいるのだ？」

雷師匠が目をさました。

さらに、起き抜けの寝ぼけ顔で、八咫丸を見て、

「何じゃ、そのカラスは？」

と、怪訝な顔をしている。

ただの人である雷師匠には幽霊や化け物たちの姿は見えない。倒れているお岩さん、お菊さんたちだけではなく、小風としぐれの姿も見えないようだ。雷師匠の目には、草木も眠る丑三つ時に、仲吉がカラスを連れて遊びに来たという奇妙な絵面《えづら》に映っているのだろう。それにしても、

（ずいぶん瘦せたねえ）

仲吉は雷師匠の顔を、まじまじと見つめた。

雷師匠は、すっかり老け込んでしまっている。ほのかな行灯の下ということもあろうが、顔色も青白く冴《さ》えない。

それでも雷師匠は、子供のころの記憶そのままのやさしい表情で、こんな時刻に寺子屋へ勝手に入り込んだ仲吉を咎《とが》めもしない。

仲吉の目には、昔のままの優しい雷師匠としか見えなかった。

寝小便をして、おとっつぁん、おっかさんに灸《きゅう》を据えられそうになった子供たちが、やさしい雷師匠を頼って、寺子屋に逃げ込んで来ることも多かった。仲吉も祖母に叱られそうになるたびに逃げ込んだものだ。

雷師匠は、いつでも嫌な顔ひとつ見せず、

「よく来たな」

と声をかけ、温かく迎え入れてくれた。

それが今の雷師匠は、えげつない折檻《せっかん》ばかりしていると評判になっている。

寺子屋で指南しているときは普段と多少性格が違っていても不思議はないが、それを差し引いても、雷師匠は様子がおかしい。幽霊どもが大騒ぎを演じ、虎和尚と狼和尚がお経まで唱えているというのに、布団にくるまったまま、ぴくりとも動かなかったのだ。

それなのに、騒ぎがおさまり、お経が止まったとたん、目を開いた。しかも、よく見れば、どこか目の焦点が合っていない。魂を抜かれたような目をしている。

雷師匠は、ぼんやりした眼差《まなざ》しのまま言った。

「せっかく来てくれたのに、妻が出ておって茶も出せん。すまぬなあ」

こんな夜更けに「妻が出ておって」というのも普通じゃない。丑三つ時に出歩くのは、幽霊か猫くらいのものであろう。

「師匠……」

伸吉は雷師匠の方へ、二歩三歩と近寄った。寺子屋の教場は薄暗く、足元がよく見えなかった。

かさりと何かを踏んづけてしまった。

見れば、伸吉の足の下で、小さな紙人形が潰れている。

「ん……？」

反射的に、伸吉はひょいと紙人形をつまみ上げた。

寺子屋だけに、子供のいたずらかと思ったが、ずいぶん精巧にできている紙人形だった。どこをどう細工したのか分からないが、ぎらりと耀く刀まで持っている。

「へえ」

と、伸吉が感心していると、

「馬鹿者ッ、そいつに触るな」

小風から罵声が飛んできた。

いきなり怒鳴りつけられても訳が分からない。

きょとんとしたまま動けずにいると、再び、小風に叱られた。

「そんなに死にたいのか、その紙人形に触るなと言っているのだ。さっさと下の場所に戻さぬか」

死にたいはずはない――。伸吉は慌てて紙人形を元に戻したが、後の祭り。

倒れていた幽霊どもが、すうと姿を消した。

それを見て、小風は舌打ちすると、

「虎和尚、狼和尚、経を唱えぬかッ」

と、怒鳴りつけた。

突然のことに、虎和尚と狼和尚も慌てふためいた。ふたりがお経を唱えようと、同時に数珠を構えた瞬間、風もないのに、行灯の火が、ぽっ――――

――――と消えた。

教場が一寸先も見えない深い闇に包まれた。

「ちッ、面倒な」

小風の舌打ちが暗闇に谺《こだま》する。

その音に応《こた》えるかのように、消えたばかりの行灯にぼんやりとした火が灯る。

微《かす》かな灯りの中で、

「あれ……?」

と、伸吉は目を擦《こす》った。

さっきまで布団の上にいたはずの雷師匠の姿が消えている。ぞくりと寒気が伸吉の背中に走った。

何かを知らせるように、八咫丸が、

「カアーッ」

と、鳴いた。

……後ろに何かいる。

振り返る暇もなかった。

「たるんでおるッ」

怒声と一緒に、竹刀がびしりと伸吉の頭に打ち下ろされた。

加減の欠片もない一撃を食らい、痛みで、伸吉は目の前が真っ暗になった。よたよたと足元がよろける。すると、

「しゃんとせんかッ」

また、竹刀で殴られた。

びしりッびしりッと何度も殴られる。

いくら竹刀でも、容赦なく頭を叩かれてはたまったものではない。伸吉はその場にへたり込んだ。

後ろには、竹刀を肩に担いだ雷師匠が仁王立ちしていた。さっきまでのやさしげな雷師匠はどこへやら――。

「きさまのような怠け者は、こうしてくれるッ」

雷師匠は竹刀を叩き折らんばかりの勢いで、伸吉を打ち据え続ける。呼吸ができ

ないくらいの痛みが走った。気を失いそうになったとき、

「カアーッ」

八咫丸が抗議するように、嘴を尖《とが》らせて叫んだ。

「きさまもたるんでおるッ」

と、雷師匠が竹刀を振り上げた。

まともに食らっては、八咫丸の小さな身体は壊れてしまう。

(死んじまうよ)

伸吉は雷師匠を止めようとするが、殴られすぎたせいか身体が動かない。

ぶんッと唸りを上げて竹刀が八咫丸を横殴りしかけたとき、不意に雷師匠の動きが、

ぴたり――
――と止まった。

見れば、雷師匠の両腕に何本もの見おぼえのある紐が絡みついている。その紐を

手繰っていった先には、小風がいた。

「伸吉はどうでもいいが、八咫丸を殴ってはいかん」

細い手首からは〝三途の紐〟が伸びている。小風は腕一本で雷師匠の動きを止めたのだった。蜘蛛《くも》の巣に搦《から》め捕られた虫のように、雷師匠は、ぴくりとも動けない。

「カア……」

八咫丸はべそをかくように鳴くと、よろよろと小風の方へ飛んで行った。そして、いつものように小風の右肩に、ちょこんとのった。小風は無言で八咫丸の頭を撫でてやっている。

「お姉さま……」

おずおずとしぐれが口を挟んだ。

「いったい、何が起こったのでしょうか？」

伸吉同様、いきなり狂いだした雷師匠に戸惑っているようだ。

小風は三人を順繰りに見ると、行灯の火が消えそうなくらい大きなため息をついた。

「面倒な連中だ」

それから、雷師匠に視線を送り、噛んで含めるように言った。

「この男は悪霊に取り憑かれておる」

「雷師匠に悪霊？　そんな……どうして――」

仲吉が問いかけるのを小風は遮り、

「おぬしの祖母のせいだ」

と遮り、苦々しい顔を見せたのであった。

4

雷師匠は寺子屋のせがれとして生まれた。父は飲んだくれで、寺子屋へやって来る子供たちは少なかった。

雷師匠はそんな寺子屋を継ぐつもりはなく、下駄職人の奉公をしていた。

奉公先では真面目であったが、手先は器用ではない。要領も悪く、後から入ってきた弟弟子《おとうとでし》に抜かれることも珍しくなかった。

だが我慢強く真面目な雷師匠は、奉公先の親方に好かれ、親方の一人娘と一緒になることになっていた。もう、二、三年我慢すれば、一人前の下駄職人になれるはずだった。

しかし、そんなある日、弟分に親方の娘を奪われた。いつの間にか、ふたりは恋仲になり、気がつけば親方の娘の腹が迫《せ》り出していた。誰の子供なのか親方すら隠そうとしなかった。さすがの雷師匠も文句を言ったが、親方は、

「すまねえ。おめえより、あいつの方が腕がいいんだ。これからは、あいつを支えてやってくれ」

と、白髪頭を下げるばかりだった。

気がつくと、雷師匠は奉公先を飛び出して、寺子屋に帰ってきていた。そして、酒飲みの父が堀に落ちて死ぬと、なし崩しに寺子屋を継ぐことになった。

「師匠、師匠」

と、呼ばれはしても、寺子屋の師匠なんぞ儲かる仕事ではない。日本橋あたりの大商人相手の寺子屋なら実入りもあろうが、ここは、

「お江戸の吹きだまり」

と揶揄《やゆ》される本所深川。その日暮らしどころか、銭なんぞ見たこともないような

連中もちらほら住んでいる。

　そんな連中を相手に商売をやったところでさして儲かるはずがない。伸吉ではないが、たいていの寺子屋の師匠は、寺子の親たちの差し入れで糊口《ここう》をしのいでいた。蓄えなどできるわけもなく、病気にでもかかれば、すぐに干上がってしまう。

　しかも、ただでさえ苦しい寺子屋稼業だというのに、本所深川には、

「江戸で指折りの女師匠」

　と評判を取っている卯女がいた。

　瓦版や女師匠番付で卯女の寺子屋が取り上げられるたびに、真面目なだけが取り柄の雷師匠の影は薄くなっていった。

　しかし、その人気の理由が分からない。卯女の教え方は下手《へた》と言わないまでも、誠実な雷師匠に勝っているとも思えない。その証拠に、卯女だって、孫の伸吉を雷師匠の元へ通わせていた。

　そうこうしているうちに、雷師匠の妻が出て行ってしまった。子のひとりも産むことのできない貧しい暮らしに倦《う》んでいたのだろう。――その気持ちは痛いほど分かった。

こうして、雷師匠は影の薄くなった寺子屋に取り残された。子供のいる間は気が紛れるものの、帰ってしまうと、一人ぼっちになってしまう。

貧すれば鈍すると言うけれど、雷師匠は卯女を恨み始めるようになった。やがて、女師匠の寺子屋を嗅《か》ぎ回り、夜な夜な、卯女の寺子屋へこっそり通った。

貧しさと妻に逃げられた孤独から、教え子である伸吉の寺子屋を嗅ぎ回るという情けない真似をしていたものの、雷師匠に悪事を働くつもりはなかった。泥棒に入ったり、卯女や伸吉を傷つけるつもりなど毛頭なく、ただ居ても立ってもいられなかったのだ。

(こんなことをしていても仕方がない)

そう思いながらも、雷師匠は卯女の寺子屋へ通い続けた。


そんなある夜のこと。

雷師匠は古井戸の前に佇《たたず》んでいる卯女を見つけた。

(何をしているのだ？)

耳をそばだててみると、江戸で指折りの女師匠は、古井戸を覗き込むようにして、ぶつぶつと何やらつぶやいている。

「おまえら、寺子屋に子供たちを連れてくるんだよ。あたしの言うことをお聞き。そうしないと成仏できないようにしてやるからね」

雷師匠の目には、卯女が何かの呪《まじな》いをしているように映った。

貧すれば鈍する――。貧に貧した雷師匠は、卯女が寺子屋へ戻って行くのを待って、真夜中の古井戸のそばへ足を運んだ。

一瞬、古井戸に吸い込まれそうな気がしたものの、雷師匠の目には、ただの涸《か》れ果てた古井戸にしか見えない。

それでも、見よう見真似で、雷師匠は先刻の卯女と同じように、

「おまえら、寺子屋に子供たちを連れてくるんだよ。あたしの言うことをお聞き。そうしないと成仏できないようにしてやるからね」

と、つぶやいてみた。

その日から、雷師匠は幽霊どもに取り憑かれることになったのだった。

お天道様が苦手な幽霊どもも、人に取り憑き身体の中に入ってしまえば、昼夜を

問わず動くことができる。苦手なお天道様の光を人の身体が遮ってくれるからである。幽霊どもには都合のいいこと、この上ない。

取り憑かれている人には、何が起こっているのか分からない。たいていの場合、その自覚もない。そんなわけだから、好き勝手に幽霊に操られて、突拍子もないことをしてしまい、

「狐に憑かれた」

「馬に憑かれた」

と、後ろ指をさされるものもあった。

雷師匠に取り憑いた幽霊どもも、寺子屋に子供たちを呼び込む反面、その身体を操り、寺子たちに折檻を始めた。

「いったい、何のために……」

伸吉には幽霊どもの考えていることが分からない。恨み辛《つら》みのある卯女やその血筋の伸吉を目の敵にするのなら分からぬこともないが、寺子屋へ通う子供たちを折檻する理由など考えつかない。

「雷師匠を気に入ったのだろう」

小凪は言う。

卯女ほどの霊力がないかぎり、幽霊を使いこなすためには、それなりに代償を払わなければならない。

「代償……？　まさか……」

伸吉は自分の身に降りかかった災難を思い起こした。帳面にいろはの文字を書く猫骸骨や虎和尚、狼和尚の姿が思い浮かんだ。

「そうだ」

例によって、小凪は伸吉の心を勝手に覗き込み、うなずく。

「この連中も、いろはを習いたいようだな」

学ぶことに飢えている幽霊どもが雷師匠を見逃すはずはない。

しかし、雷師匠は伸吉と違い幽霊の姿を見ることができず、自分の周囲にいることすら気づきはしない。伸吉のように、夜な夜な、幽霊どもを集めて寺子屋を開くわけにはいかぬ。

そこで、幽霊どもは雷師匠の身体に入り込み、人の子相手の授業を聞くことにしたという。

ところが、それも長くは続かなかった。

「人の子というやつは、どいつもこいつも怠け者でいかん」

自分だって、遠い昔は人の子だったくせに、小風は言った。

「目を離すと怠けおる」

子供たちときたら、せっかく寺子屋へやって来たというのに、やさしい雷師匠に甘え、ことあるごとに怠けようとする。宿題はやってこないし、雷師匠が席を外せば大騒ぎを始める。

こうして、雷師匠の身体を乗っ取った幽霊たちは、怠け者の人の子に折檻するようになったのだった。

「金を払って寺子屋へ来て、どうして怠けるのか分からん」

「お金がもったいないですわ」

「カアー」

幽霊やカラスはそう言うが、寺子屋に通っていたころ、まさに怠けていた伸吉としては返す言葉もない。

手習いなんぞしたくはない――。ずっとそう思っていた。頭が痛い、腹が痛いと仮病を使ったこともあった。

「信じられんやつだ」

小風が顔をしかめている。

「折檻と言ったところで、死ぬほどのことでもなかろう。放っておこうかとも思った。誰が困っているわけでもないしな」

確かに、伸吉の寺子屋の寺子は減ってしまったが、そもそもの発端は、卯女である。幽霊を使って集めた寺子を取られても、文句を言う筋合いではない。しかし、

「雷師匠とやらの身体が保《も》つまい」

伸吉の目から見ても、雷師匠は衰弱している。幽霊どもに精気を吸い取られ続けているらしい。

小風は気になることを、ぼそりとつぶやいた。

「似てないこともないからな」

「え？　似てる？　誰とだい？」

と、伸吉が聞き返した刹那、

「邪魔をしおって」

そんな声が耳を打った。

5

長話をしすぎたせいなのか、姿を消したはずの幽霊どもが再び現れ、騒ぎ出したのだった。

「同じ幽霊のくせに、人の子の味方をするとは許せぬ」

「先にあやつを殺してくれる」

「裏切りものが」

そんな言葉が寺子屋中に沸き返った。

それから、雷師匠の身体から、白い煙のようなものがすうすうすうと、いくつも抜け出た。

雷師匠に取り憑いていた悪霊どもが、一斉に小風へ牙を剝いた。

いくら〝唐傘小風〟であっても多勢に無勢。

十人二十人と悪霊どもが束になって襲いかかって来ては、無事ではすむとは思え

なかった。伸吉はなけなしの勇気を振り絞り、

「小風、逃げてッ」

と、悪霊たちの前に立ち塞がった。が、

「何度も言わせるな、邪魔だ。馬鹿者」

と、またしても、小風に突き飛ばされ、寺子屋の畳の上に転がってしまった。

ひどいよ、小風――。

そんな抗議をする間もなく、恐ろしい形相の悪霊どもの姿が目に入ってきた。悪霊どもは、小風に殺到し、巫女姿の小娘の周囲を取り巻くように、ぐるぐるぐるぐるると回っている。

小風に突き飛ばされなければ、伸吉ごときは、今ごろ身体を乗っ取られていたかもしれぬ。

「小風……」

伸吉は近寄ろうとするが、腰が抜けて立ち上がれなかった。

一方、小風は、夏嵐のように周囲を駆け巡る悪霊どもに狙われているというのに、涼しい顔を崩さない。いつもの顔で悪霊どもを眺めている。

やがて、一寸二寸と悪霊どもの輪が狭まり始めた。ときおり悪霊どもが小風の着物を掠《かす》めていく。小風の髪が、さらさらと揺れている。

伸吉の目には、十人二十人の悪霊どもに囲まれ、手も足も出ないように見えた。

（小風を助けなきゃ）

腰が抜けて立ち上がることもできないくせに、伸吉は赤子のようにたどたどしい動きで小風に近寄ろうとした。

ふと見れば、手を伸ばせば触れられるくらい近くに、百姓娘の悪霊が立っていた。貧しい身なりをしているものの、よく見れば十五、六の美しい娘だった。

百姓娘は、恐ろしい目つきで伸吉を睨みつけ、

「人の男なんぞ殺しちまうだ」

と、吐き捨てると、どこからともなく大鎌《おおがま》を取り出した。枝どころか細い木なら刈れそうな刃が鈍く光っている。

邪魔な枝を刈り取るように、伸吉の首も大鎌で刈ってしまうつもりらしい。

「死んじまうといいだ」

手慣れた仕草で大鎌を振り上げ、百姓娘は伸吉の方へ歩み寄った。

「ひっ」

あまりの出来事に、しゃっくりのような悲鳴が伸吉の咽喉から洩れた。

目の前に、夢でも幻でもない正真正銘の大鎌を持った悪霊が迫り来る。伸吉の命は風前の灯火《ともしび》であった。

「いかん」

小風が伸吉の危機に気づいた。だが、小風自身も二重三重に悪霊どもに取り囲まれて、身動きがとれない。

百姓娘が大鎌を振り上げた——そのとき、

「伸吉、大丈夫か」

と、ひとりの男が伸吉を庇《かば》うように大鎌の前に立ち塞がった。

百姓娘の動きが止まる。

「雷師匠……」

伸吉の口から恩師の名前が零《こぼ》れ出た。

「どうして……?」

「よく分からんが危なかろう」

悪霊どもが身体から抜け、正気に戻ってみれば、かつての教え子の伸吉が大鎌で殺されかかっている。雷師匠は、それを見て守ろうとしてくれたのだろう。

不思議なのは百姓娘の悪霊だった。

ぴくりとも動かない。幽霊の声など人に届くはずもないのに、雷師匠に向かって、

「そこから退《ど》くだ」

と言うだけで、振り上げた大鎌を使おうともしない。追い詰めているはずなのに、百姓娘の方が追い詰められた顔をしている。

いくら雷師匠が立ち塞がったところで、しょせん人にすぎない。

悪霊の使う大鎌をもってすれば、雷師匠もろとも伸吉を斬り殺すことなど難しくなかろう。

何が起こっているのか分からず、伸吉は教場の畳にぺたりと座ったまま、ふたりを見上げていた。そのとき、

「ならば、成仏させてやる」

と、小風の声が聞こえた。伸吉の目が小風へ吸い寄せられる。

ぱらり——

——と小風の唐傘が開いた。


くるりくるりと風車のように唐傘が回り始めた。

寺子屋の中に霧が湧《わ》く。一寸先が見えぬほどの深い霧が立ちこめた。

やがて、回り続ける小風の唐傘から、

びゅうびゅう——

——と吹き荒《すさ》ぶ風が生まれた。


小風が唐傘をくるりくるりと回すたびに、大風になっていく。灼熱《しゃくねつ》のように熱く、吹かれるたびに身体が焦げる。

「焦熱地獄のひとつ、闇火風処《あんかふうしょ》」

凛《りん》とした小風の声が響いた。

闇火風処。

焦熱地獄に付属している十五番目の小地獄のことをそう呼ぶ。闇火風処には灼熱の竜巻が常に渦巻いており、その風は刃《やいば》のように亡者たちの身を削り砕く。その責め苦は亡者の身体を砂と化す。しかも、身体が砂と化しても終わらず、すぐに亡者たちの身体は再生して、永遠に灼熱の竜巻に削られ続けるのであった。

百姓娘をはじめとする悪霊どもの顔が引き攣った。――怯えている。

「現世《ここ》は、おぬしらのいるところではない」

そう言うと、小風は手首に巻いている〝三途の紐〟をしゅるりと解《ほど》いた。その間も唐傘は回っている。まるで唐傘が意思を持っているように見える。

「先にあの世へ行っておれ」

小風の言葉を追うように、風が渦を巻き、灼熱の竜巻となった。焦げ臭いにおいが伸吉の鼻をつく。

轟々とうねる灼熱の竜巻を背に、小風は、

「からかさ小風の名において、きさまらを現世より解き放つ」

と、呪文を唱えた。

小風の手首から二本、三本……と、〝三途の紐〟がしゅるりしゅるりと解け、灼熱の竜巻へ吸い込まれていく。

次の瞬間、灼熱の竜巻が分裂した。いくつもの小さな竜巻が生まれ、寺子屋の中を散っていく。

地獄絵の中に放り込まれ、ただ呆然と座り込む伸吉の耳に、

「この世の見納めだ。成仏しろ」

という、小風の言葉が響いた。

分裂した灼熱の竜巻が悪霊どもをひとり残らず呑み込んだ。

まさに一瞬の出来事だった。

悪霊どもの身体が吹き上げられ、灼熱の竜巻に翻弄《ほんろう》されている。みるみるうちに、竜巻の中で悪霊たちの身体が削られ砕けていく。

砕けた身体は砂となり、深い霧へと散った。

――後には何も残らなかった。

6

ぱたりと小風の唐傘が閉じられると、禍々しい竜巻も消え、瞬く間に霧も晴れていた。

寺子屋の中には、伸吉たちと気を失っている雷師匠の姿があるだけだった。

「みんな、地獄に堕ちたの?」

伸吉は小風に聞いた。

「さあ、どうだかな」

小風は肩でおとなしくしている八咫丸の頭を撫でている。

「極楽へ行くものもいるし、地獄へ行くものもいる。わたしの決めることではない」

伸吉は百姓娘のことが気になっていた。大鎌を振りおろせば、雷師匠もろとも伸吉を殺すことができたはずなのに、彼女は躊躇《ためら》っていた。

あのときの百姓娘の顔は、寺子屋の子供たちや猫骸骨がときどき見せる健気な表情に似ていた。

(何を考えていたんだろうねえ……)

伸吉には分からない。考え込んでいると、遠くの方から豆腐売りの声が聞こえてきた。

寺子屋の格子戸から外を覗くと、雨は上がり、東の空が明るくなりかけていた。もうすぐ夜が明ける。

「これはいかん」

小風が顔をしかめた。

幽霊どもはたいていお天道様の光に弱いが、幽霊によって差があるらしい。しぐれは欠伸をする程度だが、小風は光を浴びると眠ってしまうのだ。

「早く帰らねば」

そう言うと、小風は唐傘に腰かけようとした。飛んで帰るつもりらしい。そんな小風の姿を見て、

「ちょ、ちょ、ちょっと待って」

伸吉は慌てた。

小風は唐傘で空を飛ぶことができるが、お天道様を見ると、とたんに寝てしまう。空を飛んでいる最中に寝られてしまっては危なくて仕方がない。

ちょいと前に、小風と伸吉をくわえて飛ぶはめになった八咫丸も、

「カアー」

と、嘴を尖らせて抗議している。

しかし、今から歩いて帰るには遠すぎる。寺子屋へ帰り着く前に朝が来てしまう。

「仕方あるまい」

と、小風は伸吉を見た。それから、いつもより、ほんの少し小声で、

「背中を借りるぞ」

そんなことを言った。

「へ？」

「相変わらず、鈍い男だな」

小風はため息をついた。そう言われても分からないものは分からない。それでも、

「しゃがめ」

と、小風に命じられると、伸吉はしゃがみ込んだ。

とたんに、背中に柔らかいものが触れ、甘いにおいに包まれた。

「落とすなよ、馬鹿師匠」

小風の息が首の後ろにかかる。

「は、は、はい」

急いで返事をすると、伸吉は小風を背負いながら、よたよたと自分の寺子屋へ向かって歩き始めた。

前を見ると、雲ひとつない夜明け前の空が広がっていた。

其ノ四　しぐれ、金儲けをするの巻

静まり返った教場から、

ちゃりん、ちゃりん……――

――と耳障りな音が聞こえてくる。

さらに、その音を追うように、

「一枚、二枚、三枚、四枚……。もう一枚欲しい」

おどろおどろしい声が延々と響いていた。

1

幽霊相手の寺子屋を休みにしたある夜のことであった。

何事かと見れば、小娘幽霊のしぐれが巾着《きんちゃく》を広げて、ちゃりんちゃりんと銭を勘定している。いつまでも続く小銭の音に、昼寝ならぬ夜寝と洒落込んでいた小風が文句を言った。

「しぐれ、いい加減にせぬか。うるさくてたまらぬ」

休む間もなく、一刻二刻も、ちゃりんちゃりんとやられているのだ。小風でなくとも、不機嫌になろう。

伸吉の耳にも、すっかり銭の音が染みついてしまった。

当のしぐれは涼しい顔で、伸吉どころか小風にさえも、

「すみません、お姉さま。もう少しですから」

と、聞き流し、ちゃりんちゃりんと音を立てながら、

「一枚、二枚、三枚、四枚……。もう一枚欲しい」

いつまでも続けるのだった。

銭にがめついのは今に始まったことではないが、このごろのしぐれの銭狂いは、ちょいとばかり目に余る。

つい数日前も、猫骸骨が、おいおいと泣きついてきた。

「伸吉師匠、助けて欲しいにゃ」

これ以上、痩せるはずのない猫骸骨が、げっそりしているように見えた。

猫の幽霊だろうと、伸吉にとっては可愛い教え子。伸吉は憔悴《しょうすい》しきっている猫骸骨の顔を覗き込み、

「どうかしたのかい？」

と、聞いた。

「しぐれがひどいにゃ」

猫骸骨は今にも泣きそうだった。

「しぐれが何かしたのかい？」

聞いてみると、しぐれときたら猫骸骨をこき使い、金儲けの算段をしているとい

う。

「金儲け？」

仲吉は首をかしげた。目の前で御幣を持っている猫骸骨と金儲けとが結びつかない。

「いいから早く来てにゃ」

猫骸骨がつつんと袖を引く。

「そんなに引っ張らないでおくれよ……」

臆病な仲吉としては、小雨の降る真夜中に外へなど出たくないのだが、泣きべそをかいている猫骸骨を捨ててもおけない。

どうしたものかと悩んでいると、それまで黙っていた小風が、

「行ってみるか」

と、口を挟んだ。そして、仲吉や猫骸骨の返事も待たず、肩に八咫丸をのせ、すたすたと歩きだした。

「小風師匠、ありがとうにゃ」

もうあんたには用はないにゃ、そんな感じで仲吉の袖をぽんと離すと、猫骸骨は

小風の後を追いかけて行った。

ぽつんと真夜中の寺子屋にひとり取り残された伸吉は、とたんに心細くなり、

「待っておくれよ」

そう言うと、あわてて猫骸骨に追い縋った。

2

傘を差していても髪が湿りそうな小雨の中、猫骸骨に連れられてやって来たのは、行逢い橋のたもとの一角だった。

「こんなところで金儲け？」

ますます意味が分からない。

ここは火除地《ひよけち》と呼ばれる、火事の延焼を避けるために設けられた空き地で、普段は香具師《やし》が怪しげな見世物を広げているところだった。手妻《てづま》や軽業の他にも食い物屋台が出ていて、べっこう飴《あめ》や団子なんぞが名物だった。それを目当てに、小遣い銭を握った子供たちが集まって来るところでもある。

もちろん、それは昼間のことで、真夜中には誰もいないはず。それなのに、なぜか人だかりができている。

「ずいぶん集まっているな」

小風は言った。

いや、人だかりではない。

集まってきているのは、芝居で言うところの足のない連中、いわゆる幽霊や化け物だった。火の玉なんぞも舞っている。

物見高いは江戸の常というだけあって、ちょっとしたことにも江戸っ子たちは群がるようにできている。

そんな江戸っ子たちの野次馬根性は死んでも直らぬらしく、人だかりがさらなる野次馬を呼び寄せていた。

その幽霊の群れの真ん中に見慣れた顔があった。

「しぐれではないか」

小風が怪訝な顔をしている。しかも、見慣れた顔はしぐれだけではない。二、三歩離れたところに、

「南無阿弥陀仏、南無阿弥陀仏」

虎和尚、狼和尚がお経を唱えている。

さらに、その衣装を見て、

「なんだ、あの恰好は？」

と、小風が呆れた。

何のつもりなのか分からぬが、虎和尚と狼和尚は、いつもの黒い僧衣ではなく、やたらと派手な金ピカの烏帽子に赤い僧衣を身につけている。今にも手妻か軽業でも披露しそうな恰好だった。

しかも、このふたりときたら、

「南無阿弥陀仏……南無阿弥陀仏……」

と、仏頂面で面倒くさそうにお経を唱え続けている。

「何をやっておるのだ？」

小風に分からないものが、伸吉に分かるはずがない。

やがて、しぐれが、とたとたと前に出て、不機嫌そうな虎和尚と狼和尚の声を打ち消すように、

「泥棒の始まりが石川の五右衛門なら、虎退治の始まりは加藤清正公。唐入りのころ、武人から鬼上官《きじょうかん》と恐れられた清正公の槍《やり》さばき――」

怪しげな口上を朗々と捲《まく》し立てている。

しかも、何を考えているのか、しぐれは小風そっくりの巫女衣装を身につけ、どこから見つけてきたのか唐傘を持っている。小風の唐傘に似せたつもりらしく、赤く塗ってはあるが、安物なのか、ところどころ剝げている。

「訳が分からん」

「カアー」

小風と八咫丸が同時にため息をついた。

そのため息を縫うように、

「それでは、清正公の虎退治を、とくとご覧あれ」

と、しぐれの声が響いた。

不意に、もうもうたる白い煙が立ち込め始めた。

「これは――」

伸吉は目を丸くした。小風が地獄を呼び出すときに湧き上がる、おどろおどろしい例の霧に見えたのだ。

しかし、何かが違う。

「秋刀魚《さんま》のにおいがするな」

小風が鼻をひくひくさせた。

「秋刀魚？」

確かに、焼き魚のにおいが漂っている。

「これは何だろうね？」

と、猫骸骨に話しかけようと横を見たが、

「あれ？」

いつの間にやら、御幣を持った猫の幽霊の姿が消えていた。

伸吉はきょろきょろと、さっきまで隣にいたはずの猫骸骨の姿をさがした。周囲には見あたらない。どこへ行ったのかと首をかしげていると、

「あそこで魚を焼いておる」

小風が前方を指さした。

「…………」

仲吉は、あんぐりと口を開けた。

ふて腐れた顔でお経を唱える虎和尚と狼和尚の後ろで、ぱたぱたと団扇《うちわ》を使いながら、猫骸骨が七輪で秋刀魚を焼いている。

野次馬幽霊どもの真ん中で、しぐれは口上を続けている。

「〝唐傘しぐれ〟の名において、地獄より召喚する。出でよ、清正」

しぐれの台詞に野次馬幽霊どもが、どっと沸いた。真夜中の本所深川に、やんややんやの大歓声が飛び交う。

それにしても、しぐれの口上は、どこかで聞いたような台詞だった。

「馬鹿か、あやつは」

小風が頭を抱えている。そんな中、
ぱらり――

――と、しぐれの唐傘が開いた。

それが合図であるかのように、秋刀魚の煙の中から背の高い男が現れた。右手には、唐入りのときに虎と戦い、片刃が折れてしまったという伝説の片鎌槍《かたかまやり》を持っている。

「ん？　清正は成仏したはずだが」

「カアー？」

幽霊事情に詳しい小風と八咫丸が怪訝な顔をしている。

虎の毛皮を身にまとい、長烏帽子兜《かぶと》を被り、それらしき恰好をしているものの、どこをどう見ても加藤清正ではない。

「予は虎之助ではないぞ」

甲高い声は、上総介の声に似ている。——いや、似ているのではなく、上総介本人であった。

「うるさいわねッ」

しぐれは小声で第六天魔王を叱りつける。

「あんたは焼き討ちだの根絶やしだの、髑髏《しゃれこうべ》で酒を飲んだり、ろくなことをしてないでしょッ」

「くっ……」

上総介が黙り込む。

「鳴かぬなら殺してしまえ時鳥《ほととぎす》」と歌われた上総介も、口の達者な小娘には敵《かな》わぬらしい。

しぐれは、こほんと咳払いをし、何事もなかったように趣向を進める。

「これから清正公の虎退治をご覧に入れます。――と、その前に、この憐れなる地獄の亡者にお布施をお恵みくださいませ」

しぐれは、ここに銭を入れろとばかりに、大きな椀《わん》を突き出した。昼間の香具師顔負けの堂に入った仕草だった。

秋刀魚の煙に負けたのか、しぐれの仕草に釣られたのか、四方八方から、ちゃりんちゃりんと小銭が放られる。

「ありがとうございます、ありがとうございます」

ひとしきり銭が集まると、そそくさと懐へ仕舞い込み、今度は張り子の虎を取り出した。

――嫌な予感がする。

「唐で捕まえてきた人食い虎を成敗していただきましょう」

そう言って、しぐれは張り子の虎を上総介の方へ、ぽんと放り投げた。

種も仕掛けもない安物の張り子の虎であった。その虎が弧を描いて、上総介の頭上へと飛んで来た。上総介は、

「ふんッ」

気合い一閃《いっせん》、片鎌槍で張り子の虎を真っ二つに斬り裂いた。

行逢い橋のたもとが、しんと静まり返る。

「……馬鹿か」

小風がつぶやいた。

上総介の槍さばきは見事であったが、しょせん張り子の虎を斬り裂いただけ。銭の取れる見世物ではない。

銭を放った野次馬幽霊どもが不満そうにざわめきだす。

「これで終わりかい？」

「まさか……」

「そうだよな、これからだよね」

聞こえているはずのそんな声をすっぱり無視して、しぐれは唐傘をぱたりと閉じ

ると、帰り支度を始めた。

　これ以上は何もないらしい。

　虎和尚と狼和尚、猫骸骨だけではなく、上総介までが気まずそうな顔をしている。

　地獄の沙汰も金次第というだけあって、たいていの幽霊どもは銭に執着するようにできている。

「金返せ、金返せ、金返せ」

　今にも暴動が起こりそうな気配である。

　粗末な見世物なのだから、さっさと銭を返せばいいものを、しぐれは返す素振りも見せない。

　それどころか、気まずそうな顔をしている上総介に、

「あのうるさい連中を撃っちゃいなさい」

と、とんでもないことを命じた。赤鬼と恐れられた上総介も目を剝く極悪非道なしぐれであった。

「撃つのか？」

　上総介が啞然《あぜん》としている。

「根絶やしにしちゃいなさいな。あんた、得意でしょ？」

「いや……」

血も涙もない悪鬼と呼ばれた上総介が、しぐれの言葉に戸惑っている。それでも、言われるがままに鉄砲を取り出した。

それを見て幽霊どものざわめきが大きくなる。

「うるさいから、早く撃ちなさいってば」

しぐれは急かしているが、さすがの上総介も引き金を絞ろうとしない。確かに、武田狩りや比叡山焼き討ちなど、悪行のかぎりを尽くした上総介であったが、それは天下布武という目的があったからだ。小銭をちょろまかすために、鉄砲を撃っていいものか悩んでいるのだろう。

鉄砲を構えたまま、眉間《みけん》にしわを寄せている上総介を、しぐれは馬鹿にし始めた。

「撃てないの？　意気地なしね」

「くっ」

戦国の男に意気地なしは禁句である。屈辱から上総介の顔が赤く染まった。しぐれは追い打ちをかける。

「鉄砲も撃てないくせに、よく織田信長なんてやっていられるわねえ。鉄砲を撃つのが怖いなら、織田信長なんてやめちゃえば？　天下布武なんて無理しない方がいいんじゃないのかしら？」

「何だと？」

上総介は反射的に引き金に指を置いた。

しかし、鉄砲の先にいるのは、しぐれに騙《だま》された善良な幽霊どもだった。中には、赤ん坊を抱いた母親の幽霊までいる。何が起こったのか分からないらしく、赤ん坊はうれしそうに笑っている。

「予には撃てん……」

上総介の腕ががっくりと下がった。

それを見て、銭が絡むとたんに気の短くなるしぐれが、

「早くしなさいったら」

と、癇癪《かんしゃく》を起こした。

「しかし……」

なおも上総介が躊躇っていると、しぐれは舌打ちをして、

「じゃあ、いいわ。その鉄砲を貸しなさい」

と、奪い取ってしまった。

そして、何の躊躇いもなく、ぱん、ぱんと鉄砲を乱射する。

いくら幽霊でも、しぐれは小娘にすぎない。下手な鉄砲も数打ちゃ当たると言うけれど、九つのしぐれが撃って命中するわけはない。

それでも上総介の持ち物の鉄砲が怖いのか、幽霊どもが、

「本当に撃ちやがった」

「おっかさん、おいら、怖い」

「大丈夫よ」

「いいから、逃げろ」

「でも、金を取り戻さないと」

と、右往左往し始めた。

それを見て、小風は何度目かのため息をつくと、

「帰るぞ」

と伸吉を促し、寺子屋の方へ、すたすたと歩き始めた。

「うん……」

いたたまれず仲吉も背を向けた。

しばらくの間、行逢い橋のたもとから、鉄砲の音と幽霊どものの悲鳴が聞こえ続けていたのだった。

3

その翌日のこと。人間相手の寺子屋が終わり、丑三つ時から始まることになっている夜の手習いの時刻まで眠ろうと、仲吉が欠伸をしていると、

「仲吉師匠、相談に乗っておくれよ」

と、八百屋のおかみが顔を出した。

「相談ですか……」

仲吉は首をかしげる。

このおかみときたら、「本所深川で指折りのお節介」と呼ばれているくらい面倒見がよく、仲吉も握り飯や野菜の煮物なんぞを毎日のようにもらっていた。

相談をされることはあっても、誰かに相談するような人間ではない。ましてや、伸吉は、本所深川でも指折りのこんにゃく師匠。相談して益のある相手とは思われていないはずである。

そんなわけで、伸吉が怪訝な顔をしていると、

「熊五郎さんのことですよ」

と、おかみは言った。

そう言われて、ようやく思い当たった。

妹のしぐれは住みついてしまったが、熊五郎については、小風が墓場で守銭奴の老婆の霊を祓《はら》い落としてから、とんと姿を見かけない。

おかみの八百屋に出入りする連中は真っ当な商売をやっている堅気ばかりで、高利貸しの取り立て屋の熊五郎なんぞには縁がないはずだ。高利貸しから銭を借りるような馬鹿は伸吉くらいのものだった。

「熊五郎さんがどうかしたのですか？」

「どうしたもこうしたもないんですよ」

おかみは顔をしかめた。

「いい若い者《もん》が高利貸しの手先なんぞやって」

いまだに熊五郎は高利貸しの取り立てをやっているらしい。

おかみは顔をしかめたまま、

「町内の恥さらしですよ、伸吉師匠」

と、言った。

宵越しの金は持たぬを信条とする江戸の中でも、とびきりの貧乏人揃いの本所深川だけあって、貧乏人につけ込む高利貸しは至って評判が悪い。歩いているだけで、子供連中に石をぶつけられたりする。江戸中どこでも似たようなものだが、高利貸しの取り立ては嫌われ者の破落戸か、銭を貯めるしか楽しみのない守銭奴のやる仕事だった。

だからといって、金貸しすべてが悪いというわけではない。

商売の元手や食うに困ったときに、安い利息で金を貸してくれる金貸しは必要であり、ちゃんと町内の一員として認められている。しかし、熊五郎の雇い主は、話にならぬほど評判が悪かった。

「高里屋《たかさとや》の乙松《おとまつ》の手下をやっているようじゃあ、人としてお終《しま》いだな」

棒手振りの多い本所深川の連中は、江戸中の噂話に通じていた。その連中が言うには、高里屋の乙松という男は呉服屋の表看板を出しながら、裏では高利貸しをやっているという。

しかも、表看板の呉服屋にしても、もともとは他人のものであった店を騙し取ったらしい。

一人娘が流行病《はやりやまい》にかかり、二親が右往左往しているところにつけ込んで、いんちき拝み屋だの怪しげな医者だのを裏から操り、高里屋を借金まみれにしてしまった。

そして、借金がかさんで困り果てている高里屋へ仕上げとばかりに親切顔で近づき、

「さぞお困りでしょう」

などと猫撫で声で金を貸しつけ、いつの間にやら店を取り上げてしまったのだ。

さらに救いのないことに、一人娘も助からなかったというのだから、乙松が蛇蝎《だかつ》のように嫌われるのも当然のことであろう。

八百屋のおかみも、そんな事情もあって心配しているのであった。

「熊五郎さんなら、他に仕事くらいあるだろう」

熊五郎は丈夫な身体を持っているし、頭だって悪くはない。仲吉と違って、度胸もあるように見える。

「何なら、うちの店で使うのにさ」

どうやら、八百屋のおかみは熊五郎を気に入っていて、嫌われ稼業から足を洗わせたいらしい。

大きなお世話には違いないが、町内すべてを家族と思っているおかみらしいと言えなくもない。

おかみの言うことは分かったが、自分に何をして欲しいのか見当もつかない。すると、おかみは真面目な顔で、

「ほら、あたしはか弱い女だろう?」

そんなことを言いだした。

仲吉の倍はありそうな太い腕をして「か弱い」と言われても、大いに疑問だが、女であることは間違いがない。だから、

「へえ」

と、例によって半端な返事をしておいた。

仲吉の言葉を聞き流し、おかみは話を進める。

「仲吉師匠を男と見込んで頼みがあるんだよ」

見込まれたくなかったが、まさか、そうも言えない。仕方なく仲吉は、おずおずと言ってみた。

「あたしにできることでしたら」

おかみは及び腰の仲吉の言葉をむんずと掴み、逃げ場を塞ぐように、大げさに喜んでみせた。

「さすが仲吉師匠、頼りになるねえ」

それから、仲吉に口を挟む暇を与えず、畳みかける。

「たいしたことじゃないんだよ」

「はあ……」

だったら自分でやればいいと思ったが、そんなことを言う度胸なんぞ、こんにゃく師匠の仲吉にはない。なあなあのまま話は決まり、おかみは、

「熊五郎さんの長屋に行ってきてもらえないかい？」

と、頼む振りをしながら、仲吉に命じたのだった。

4

ようやく日の落ちかけた暮れ六つすぎ、薄闇の中、伸吉は肩に八咫丸をのせた小風と歩いていた。例のいんちき見世物に精を出しているのか、しぐれは姿を見せない。

おかみに言い負かされた伸吉に、小風と八咫丸は揃って、

「相変わらず、お人好しだな」

「カアー」

と、呆れていた。

伸吉も自分でもそう思う。返す言葉もなかった。

お邪魔な八咫丸はいるものの、本来なら小風とふたり歩き。気分が浮き立つところであるが、これから熊五郎の長屋を訪ねるとなると気が重かった。

「それなら断ればよかろうに」

これも、小風の言うとおりだ。

墓地での一件以来、なぜか、熊五郎は伸吉に近づいてこなくなっていた。

熊五郎の妹であるしぐれも、はじめは金を返せと言っていたものの、伸吉が銭を持っていないと知るや、瞬く間に、何も言わなくなった。

このまま放っておけば、借金は有耶無耶になるかもしれない。

しかし、お人好しの伸吉は、熊五郎のことが気になり始めていた。

（どうして、そんなにお金が欲しいんだろうねえ）

金が欲しいのはおかしなことではないが、熊五郎にしろ、しぐれにしろ、ちょいと度が過ぎているように思える。貯めるばかりで使っている気配もない。

「人にも幽霊にも事情というものがあるのだろう。余計なことに口を出すでない。放っておけ」

そう言いながらも小風は、一緒に来てくれた。ずいぶん面倒見のいい幽霊もあったものだが、小風は小風で考えがあるらしい。

「馬鹿師匠に死なれては飯が食えなくなる。それに、新しい寝場所を確保するのも面倒だしな」

「面倒って……」

てっきり、小風が心配してついてきてくれたと思い込んでいた伸吉は、がっくりと肩を落とした。

（どうせ、あたしなんて……）

と、いじけてしまった伸吉の頭を、小風が唐傘で、ぽかりと叩いた。

熊五郎の長屋はすぐに分かった。

「ひどい長屋だな」

見るなり、小風が呆れたように言った。可愛らしい顔に似合わず相変わらず、口が悪い。

しかし、この場にかぎっては、小風の言うこともっともだった。目の前の長屋は狐狸獺《こりかわうそ》どころか、なめくじでも住んでいそうな荒れ具合で、金をもらっても住むのはごめん被りたい――。そんな長屋であった。

「そんなに金がないのかねえ」

と、伸吉はつぶやいた。が、すぐに思い直し、

「そんなわけないいか」

と、自分で自分の言葉を打ち消した。

高利貸しの取り立て稼業がどれだけ金を稼げるか知らぬが、一銭でも稼いでいれば、こんななめくじ長屋にしか住めぬわけがない。

「金がないのではなく、金を使いたくないのであろう」

何を知っているのか、小風がそんなことを言っている。

思わせぶりな言葉に伸吉が考え込んでいると、熊五郎が長屋から出て来た。ずいぶん重そうな風呂敷包みを持っている。

「金だな」

小風が断定する。

雇い主である乙松のところへ、回収した金を持って行くのだろう。乙松の表看板が呉服屋である以上、人目を忍んで夜遅くに出入りすることになるのは仕方のないことだ。

熊五郎をつけてみようと、伸吉が歩みかけると、小風がちょこんと伸吉の袖を引き、小声で囁いた。

「よせ。どうせ見つかるのが関の山だ」

確かに、見つからぬように、夜道で人をつけるのは骨が折れる。それに、軟弱な伸吉に、熊五郎をつけるだけの体力があるかどうかも分からなかった。

しかし、このまま見送っても何の解決にもならない。

どうしたものかと考えていると、小風が唐傘を横にして腰かけた。

「追いかけるぞ、さっさと乗れ」

なるほど――。伸吉は膝を打った。いくら大金を抱えて用心していようとも、空に注意を払う者はいない。

「じゃあ……」

と、伸吉は小風の唐傘に腰かけた。

いつものように小風の甘いにおいがふわりと伸吉を包む。

「ちゃんとつかまっていないと落ちるぞ……馬鹿師匠」

小風の言葉を合図に唐傘が夜空に浮かび上がった。

「カアー」

闇夜に八咫丸の声が響いた。

空から見ていると、熊五郎は日本橋へ向かって移動している。

地獄の沙汰も金次第と言うが、現世の沙汰も金次第であった。乙松の手配りなのだろうが、熊五郎は閉まっているはずの木戸をすいすいと抜けて行く。防犯・防火のために出入りできぬはずの木戸とは思えぬほど、呆気なく熊五郎を通している。

「世の中、金だな」

小風が、しぐれみたいなことを言いだした。

それも無理のない話で、行き交う夜回り連中も熊五郎を呼び止めもしない。それどころか、中には、腰を折って挨拶までする者もいた。

やがて熊五郎は、呉服屋が軒を連ねている呉服町の外れへとやって来た。すぐ目の前に、乙松が奪い取った高里屋がある。

熊五郎は躊躇う素振りもなく、高里屋の裏口から入って行った。まるで自分の家に入るように慣れた様子だった。

「手慣れたものだな」

小風が感心している。

と、ここまで見届けたものの、建物の中へ入られては空から見ることなんぞできるわけがない。

(仕方がないねえ)

今日のところは寺子屋へ帰るとするか、と諦めの早い伸吉に、

「帰ってどうする」

と、小風は言うと、懐から見おぼえのあるものを取り出した。

それは、猫骸骨の宝物、闇夜に姿を溶かす〝闇色御幣〟であった。手渡された闇色御幣からは、ほんの少し小風のにおいがした。

「においを嗅いでどうする?」

「いえ……」

真っ赤になりながら闇色御幣を振ると、あっという間に、姿が闇に溶けた。すでに八咫丸は闇に溶けている。幽霊の小風は、今のところ、伸吉以外には見えないようだから、闇色御幣は必要ない。

この闇色御幣があれば、どこへ忍び込むのも自由自在。江戸城のお宝だって手に入れることができる。実際、この闇色御幣を欲しがったしぐれが、猫骸骨を追い回

して小風に叱られていた。

(不思議なものだねえ)

娘の幽霊ふたりと暮らしているくせに、いまだ不思議あやかしのやることに慣れていない伸吉は、闇色御幣を見て首をかしげている。

(こいつを持っても、あたしの姿は小風には見えるんだよねえ)

雷師匠の一件の後、小風が何やら細工をしたらしく、闇色御幣で姿を消していても、小風には伸吉の姿が見えるらしい。姿を消した伸吉に、自分の周囲《まわり》をうろうろされてはたまったものではない。そう思ったのだろう。

小風は、そんな伸吉をすらりと無視して、

「行くぞ」

と、八咫丸を従え、さっさと高里屋へ入って行ってしまった。伸吉のことなど振り返りもしない。

こんな真夜中に置いてきぼりにされて、見知らぬ化け物とでも出会ってはたまらない。

「待っておくれよ」

伸吉は唐傘を持った娘の幽霊の後を追いかけた。

「掃除もしておらんのか」

小風が顔をしかめている。

初めて入る高里屋は、ひどく散らかっていた。家具は何もないが、きちんと掃除が行き届いていた熊五郎の長屋とまるで違っている。そこら中に、趣味の悪い毛皮や兜の類が並べてあるものの、掃除がなされている形跡がない。

すると、突き当たりの部屋から、わいわいがやがやとうるさい声が聞こえてきた。商家に不似合いな女の嬌声《きょうせい》まで聞こえてくる。

「行ってみるか」

小風は騒がしい部屋へ向かった。

「そんな……危ないよ……」

母親にしがみつく幼子のように、伸吉が続く。

開けっ放しになっている戸から中へ入ってみると、酒と煙草のにおいに搦め捕られた。柄の悪い男たちが、白粉《おしろい》臭い女を侍《はべ》らせながら酒盛りをしており、熊五郎が端の方に居心地悪そうに座っている。

どこをどう見ても、日本橋の目抜き通りに暖簾《のれん》を出している呉服屋の商人や手代たちには見えない。

乱痴気騒ぎの中心に、禿頭《はげあたま》の太った男が胡座《あぐら》をかいていた。人相の悪いちんぴらどもの中、ひとりだけえびす様のような笑い顔をしている。

熊五郎はえびす様の前へ行くと、

「乙松さん、銭を集めて参りやした」

と、大事そうに抱えていた包みを差し出した。

「ご苦労でしたね、熊五郎さん」

このえびす様が悪名高き乙松であるらしい。

熊五郎は頭を下げた。だが、そんな丁寧な仕草や言葉とは裏腹に、乙松を見る目は憎々しげであった。好んで乙松の手下になっているわけではなさそうである。

熊五郎が口を開いた。

「いい加減、高里屋を両親に返してやってくれませんか」

今にも殴りかかりそうな顔をしている。

しかし、乙松はえびす顔を崩しもせず、

「借金を返し終わったら、お店も返しますよ。なあに、あと、もう少しの辛抱ですよ」

そう言って、熊五郎の肩を親しげに叩いた。

熊五郎は乙松の手を乱暴に振り払うと、

「もう少し、もう少しって、もう一月《ひとつき》も、そう言っているじゃありませんか。いい加減なことを言うのは、やめてくれ」

ぴりりと尖った声を出した。

とたんに部屋の空気が剣呑《けんのん》になる。

乙松の隣に座っていた浪人風の男が、茶碗《ちゃわん》を床に叩きつけ、がちゃんと割ると、

「おぬし、誰に口をきいているッ」

熊五郎を怒鳴りつけた。今にも刀を抜きかねない。

「沢木《さわき》、よしなさい」

乙松がたしなめる。それから、熊五郎をちらりと見て言った。

「高里屋のお坊ちゃんに失礼ですよ」

酔っ払ったちんぴらどもの顔に薄笑いが広がった。

その薄笑いを煽《あお》るように、

「沢木、お坊ちゃんに謝りなさい」

と言った。

乙松の言葉に、沢木はにたりと笑い、酒くさい息を吐きながら、

「高里屋のお坊ちゃん、こいつはすまなかったな」

と、嬲《なぶ》るように頭を下げてみせた。

哄笑《こうしょう》が広がった。

熊五郎の無骨な顔に朱が差したが、それを呑み込むような押し殺した声で、

「早くおとっつぁん、おっかさんにお店《たな》を返してやってください」

と言うや、逃げるように立ち去った。

そんな熊五郎を追うように、

「美形の母親のところに行くのか？　今度、おれも連れて行ってくれ」

と、沢木がさらに嬲った。

ちんぴらどもが、どっと笑い、卑猥《ひわい》な言葉が飛び交った。

5

寺子屋へ帰ると、しぐれがふたりを待っていた。伸吉と小風が仲よく帰って来る姿を見て、ませたことを言いだした。

「こんな時刻に逢い引きですか？」

伸吉は顔を赤らめたが、小風ときたら、

「そうだ。逢い引きだ」

と、素っ気ない。しぐれは小風の言葉を聞いて破顔し、ケラケラ笑いだす。

「お姉さま、冗談がお上手ですね」

小風はしぐれの大笑いにも付き合うつもりはないらしい。

「何の用だ？」

すると、しぐれは真面目な顔で、こう言った。

「日本橋へ行きたいのです。連れて行っていただけないでしょうか」

本所深川の寺子屋から日本橋まで歩くのは意外と骨が折れる。一晩のうちに何度も行ったり来たりするところではない。

しかし、便利なもので、小風の唐傘に乗れば、日本橋ごとき、すぐに着いてしまう。

「わたしは駕籠屋《かごや》ではないぞ」

と言いながらも、小風は伸吉としぐれを唐傘に乗せてくれた。

いくら、しぐれが小柄であっても、唐傘に三人座るのは窮屈である。そんなわけで、伸吉は、いつもより小風にべったりくっつくことになった。

小風の甘いにおいに包まれて、鼻の下を伸ばしている伸吉を、

「蹴落《けお》とすぞ、馬鹿師匠」

と罵《ののし》りながらも、唐傘は日本橋へ向かって飛び始めた。

「どこへ行けばいいのだ？」

そんな小風の問いかけに、

「もう少し先です」

としぐれは答えるだけだ。

高里屋へ連れて行かれるのかと思いきや、唐傘は別方向へ飛んでいた。

空を飛ぶ鳥より速い唐傘のこと、あっという間に目的地の近くに到着したようであった。

高里屋をはじめとする商家の並ぶ目抜き通りではなく、日本橋の中でも、ちょいと寂れた、小さな長屋の集まる町へと差しかかった。

聞けば、このあたりにしぐれの二親が住んでいる長屋があるという。

しぐれは一軒の長屋を指さした。

「あそこです。下へ降りてください」

しかし、小風は唐傘をぴたりと止めると、

「嫌だ」

そんなことを言いだした。

「お姉さま……」

と、戸惑うしぐれに、

「言え」

小風は短く命じた。どこぞの親分のような貫禄《かんろく》であった。

「言えって……。何をですか？」

「今さら、親のところへ行ってどうするつもりだ？」

小風の声は冷たい。

あまりの冷たさが身に染みたのか、とたんに、しぐれは焦りだす。

「いえ、せっかくの縁ですから、祟《たた》ってやろうかと思いまして」

言っていることがよく分からない。

すると、小風は突然、人の悪そうな笑みを浮かべた。幽霊だけあって凄味がある。

その凄味のある笑顔のまま、

「さっきから唐傘が重くてかなわぬ」

そんな突拍子もないことを言った。

伸吉どころか八咫丸も訳が分からないらしく、

「カアー？」

と、首をかしげている。

「軽くするために、少し降ろそうと思う。誰か落ちろ」

無体にもほどがある。

こんなところから放り出されて、無傷《ただ》で済むわけがない。百歩譲って幽霊のしぐれなら、

「痛いですわ」

で話は終わるかもしれないが、伸吉は生身の人間である。

それこそ死んで幽霊になってしまう。

小風は、ぎろりとしぐれを睨みつけている。話すつもりがないなら、突き飛ばしてやる。そんな顔をしていた。

「突き落とすのでしたら、わたくしなんかより伸吉お兄さまを」

と、とんでもなく迷惑な推薦をしつつ、しぐれは油虫《ごきぶり》のように、さささっと伸吉の陰に隠れた。

一本の唐傘の上に、小風、伸吉、しぐれの順に座っている。伸吉を盾にされると、小風も手が届かない。これでは、いったん、地面に降りるしか方法がない。

しかし小風は唐傘を動かさない。

「こうなっては仕方がない」

小風は、不穏な言葉をつぶやくと、肩の上で静かにしている八咫丸に、

「頼みがある」

と、話しかけた。

「カアー？」

八咫丸が警戒している。嫌な予感がしているのだろう。

「馬鹿師匠をくわえていてくれぬか」

「カアー？」

不思議顔の八咫丸に、小風は何の説明もせず、今度は伸吉を見た。それから、にこりと笑った。

「落ちろ」

何の前触れもなく、伸吉のことを唐傘から突き飛ばした。

ただでさえ細い唐傘に横ずわりしていたところを、不意に突き飛ばされてはたまったものではない。

伸吉は、

「あわわわわ――」

真っ逆さまに落ちていく。

気のせいか空耳か分からぬが、どこからともなく、

「南無阿弥陀仏、南無阿弥陀仏」

と、虎和尚と狼和尚の念仏が聞こえてきた。このままお陀仏かと思ったそのとき、

ぴたり――

――と、落下が止まった。


きっと、これも空耳だと思うが、虎和尚と狼和尚の舌打ちが聞こえたような気がした。

それはそれとして、伸吉がお陀仏にならずに済んだのは、カラスの八咫丸のおかげであった。

八咫丸が必死の形相で伸吉の襟首をくわえて羽ばたいている。唐傘から落ちたところを助けられたのは、指折り数えて二度目だった。伸吉は、

「助かった。ありがとう、八咫丸」

と、素直に礼を言った。

「カ、カ、カアー」

「いや返事はいいからッ」

そんな騒ぎのちょいと上では、小風がしぐれから巾着袋を取り上げていた。しぐれが唐傘の上で器用に両手両足をばたばたさせながら、

「お姉さま、返してくださいませ」

と、抗議している。

しかし、小風はどこ吹く風。聞く耳持たず、

「ふうん。ずいぶん重いな。やっぱり、これが原因か」

などと言うや、鞠《まり》でも放るように、巾着袋を、ぽんと投げてしまった。

「あーッ」

しぐれの悲鳴が日本橋の空に響き渡った。

そんな悲鳴に後押しされるように、巾着袋は綺麗に弧を描き、すっぽりと伸吉の手に収まった。

ずっしりと重い。

巾着袋の中には、ぎっしりと銭が詰まっていた。

其ノ五 百鬼、江戸を駆けるの巻

1

高里屋しぐれ。

流行病を患って、高里屋を手放すきっかけとなった娘というのが、このしぐれであるという。

巾着袋を取られて意気消沈したのか、しぐれは何もかも白状した。小風は最初から何もかも知っていたのかもしれない。

伸吉たちは長屋の屋根の上にいた。この屋根の下には、しぐれの二親が暮らしている。

「ずいぶん粗末な長屋だな。屋根なんぞ腐っているじゃないか」

しぐれが目の前にいるのに、小風は容赦ない。伸吉は何か言ってやろうと思ったが、気の利いた言葉なんぞ思い浮かばなかった。

気の利かない伸吉のかわりに、八咫丸が、

「カアー」

と、鳴いた。

すると、どんどんと長屋を叩く音が聞こえてきた。こんな時刻に、誰かが訪ねてきたらしい。

三人揃って、屋根の上から身を乗り出すようにして下を覗き込むと、ついさっき見たばかりの男が戸を叩いていた。

「今日はずいぶん熊五郎に縁のある日だな」

小風がそんなことを言った。

「何しに来たんだろ？」

と、伸吉が首をかしげると、何をどこまで知っているのか、小風が断言した。

「見舞いだろ」

「見舞いって？　病気なのかい？」

何も知らない伸吉は、きょとんとしている。狐に摘《つま》まれるというが、このところの伸吉は、ずっと幽霊に摘まれっ放しであった。

「行ってみれば分かる」

そう言うと、小風は闇色御幣を伸吉と八咫丸に渡した。いつの間にやら、猫骸骨の闇色御幣は小風の道具になっているようだった。

確かに、闇色御幣を使えば、簡単にしぐれの両親の長屋に忍び込むことができる。しかし、それをやってしまえば泥棒の類と変わらない。子供たちの手本となるべき寺子屋の師匠のやることではないように思えた。

伸吉がぐずぐずしていると、

「早くしろ」

すでに小風は長屋の前に立っていた。

屋根の上なんぞに取り残されたくない。闇色御幣を振って姿を消し、どたどたと無様に伸吉も下へ降りる。

他人様の住み家なのに、小風ときたら我が物顔で、長屋の壁を触っては、

「安普請《やすぶしん》だな」

　などと値踏みしている。

　長屋の壁が薄いのは珍しいことではない。

　火事の多い江戸で、金をかけて丈夫に作ったところで燃えてしまえば何も残らない。だから、江戸の長屋は使い捨てだった。壁だって、薄っぺらくできている。

　しぐれの両親の暮らしている長屋にしても、熊五郎のなめくじ長屋よりはましだったものの、いわゆる三軒長屋というやつで、壁に穴まで空いている。

「ここから見えるな」

　小風は何の躊躇いもなく長屋の中を覗き込んだ。見てもいいものかと思いながら、伸吉たちもそれに倣った。

　傍から見れば怪しい連中だが、小風としぐれは幽霊だし、伸吉は闇色御幣を持っている。長屋の連中が厠《かわや》に出て来たとしても姿は見えやしない。安心して、覗きに精が出せるというものであった。

　穴の向こう側では、粗末な布団に寝ている冴えない男が、ごほ、ごほ、ごほと咳《せ》き込んでいた。

男は、見たとたんに病気と分かるほど痩せ細っている。

「お父さま……」

と、しぐれがつぶやいた。

この冴えない男が、しぐれの父——つまり、日本橋で呉服屋の看板を掲げていた高里屋直助《なおすけ》であるらしい。

乙松に店を乗っ取られただけあって、

(なんだか、頼りなさそうだねえ)

伸吉でさえそう思った。自分だって頼りないが、あれよりはましに思える。しかし、

「馬鹿師匠より、ちょいと頼りになるくらいの面構《つらがま》えだな、あれは」

小風がひどいことを言っている。

伸吉とどっこいどっこいの直助の背中を、さっきから目のさめるような美しい女がさすっている。

「お母さま……」

しぐれの言葉を聞かなくとも、すぐに母子と分かった。顔立ちがそっくりなのだ。

しぐれから毒を抜いたような顔をした線の細い女である。

直助は、妻にすっかり頼りきっているらしく、

「おきの」

と呼び、そばから離そうとしない。見ていると、しぐれの母――おきのが台所に立っただけでも、

「おきの、早くこっちに来ておくれ」

と、気弱な声を出すのだった。病気で心細いのかもしれないが、日本橋の呉服屋の主《あるじ》だった男とは思えない。

そんな直助の姿を見て、小風は顔をしかめた。

「情けない男だな」

自分のことを言われているわけではないと分かっていたが、小風の言葉は、伸吉の胸にずぶりと突き刺さった。

聞こえたわけではあるまいが、壁の向こうでも、直助が咳き込みながら、

「いつも済まないねえ」

と、熊五郎に礼を言った。

目を移すと、熊五郎がいくらかの銭を畳の上に置いたところだった。自分で置いた銭をじっと見つめた後に、熊五郎は、

「これだけの銭じゃあ、医者に診《み》せられねえよな」

と、唇を噛んでいた。

「おまえにも迷惑かけるねえ」

おきのが熊五郎の肩に手を置いた。すると、熊五郎はそんなおきのを労るように語りかけた。

「もう少しで、お店《たな》を取り戻せるから」

どうやら熊五郎は、直助の作った借金を返し、高里屋を取り戻すつもりでいるらしい。

(お金を欲しがるわけだねえ)

伸吉はやっと納得した。しぐれが銭に汚いのも、成仏できぬのも、きっと熊五郎と同じ理由からなのだろう。

ちらりと横を見ると、しぐれが今にも長屋へ飛び込みそうな顔をしている。

入って行ったところで、しぐれは幽霊。直助にもおきのにも、そして熊五郎にも、

姿は見えやしない。

爪に火を点《とも》すようにして貯め込んだ銭を、こっそり置いてくるくらいしか、しぐれにできることはない。

しかも、乙松のあの様子では、銭を返したところで、店を返してくれるかどうか疑問であった。信用できる男には見えない。

(返しそうにないねえ)

伸吉にはそう思えた。

熊五郎もしぐれも馬鹿ではない。乙松が信用できない男であることなど、とうの昔に分かっているはずだった。赤の他人の伸吉でさえ思いつくことを、実の息子と娘が考えぬわけがない。

しかし、ほんのわずかでも、お店を取り戻せる望みらしきものがあるかぎり、それに縋りたいのだろう。

「人も幽霊も馬鹿ばかりだな」

小風がそんなことを言った。

2

暮れ六つをいくらかすぎた夕暮れのこと。

「さっさと開けろッ」

久しぶりに熊五郎の怒声が寺子屋に響いた。

しぐれは例の小銭稼ぎに出かけた後で、すでに姿がなかった。

「いるのは分かってるんだぜ、伸吉ッ」

熊五郎は、どんどんと寺子屋の戸を殴りながら、どすのきいた声で怒鳴っている。

びりびりと鼓膜に響く。

墓での一件以来、取り立てに来ぬのをよいことに、いまだにしらばっくれている伸吉は、

「ひいっ」

と、亀のように首を竦めた。

一方の熊五郎は叩くだけでは飽き足らなくなったのか、どかどかと戸を蹴りだし

た。

「やめておくれよ」

伸吉は聞こえないくらいの小声で抗議した。怖くて仕方なかった。思わず頼るように小風のことを見た。

「ん？　なんだ？」

熊五郎に金を借りているわけでもない小風は、のんびりと茶をすすり、

「また守銭奴の悪霊にでも取り憑かれたのか？」

そんなことを言っている。

前にも増して熊五郎は威勢がいい。

「開けろ、伸吉ッ。さっさとしねえと蹴破るぜッ」

と、本所深川中を起こすような大声を出しながら、寺子屋の戸を蹴り続けている。

このままでは戸が壊れてしまう。

さすがに耳障りと思ったのか、小風は茶を置くと、

「面倒な」

と、つぶやき、唐傘片手に立ち上がると、すたすたと戸の方へ向かった。そして、

仲吉が止める間もなく、

「どれ」

と、小風は、がらりと戸を引いた。

こんなに簡単に開くと思っていなかったのだろう、

「おっとッ」

熊五郎がつんのめるようにして、寺子屋へ倒れ込んで来た。

それでも、仲吉を見つけると、

「いやがったな、馬鹿師匠ッ」

と怒鳴りつけ、よたよたと危なっかしい足取りで近寄ってきた。

こうなってしまっては逃げ場はない。

熊五郎は高里屋で見たときより、さらに顔色が悪く、げっそりと頬が瘦《こ》けているようだった。守銭奴の悪霊に取り憑かれていたときよりも恐ろしい顔をしている。

血走った目を仲吉に向けると、再び、熊五郎は怒鳴り散らし始めた。

「おう、仲吉ッ。いい度胸だな」

仲吉は言い返すどころか言葉を挟むこともできない。

熊五郎の怒声は続いた。

「さっさと銭を返しやがれッ。ぐずぐずしてると大川に沈めちまうぞッ」

すぐにでも沈められてしまいそうである。

(助けておくれよ)

と、小風を見ても、この巫女姿の幽霊ときたら、いつの間にやら座布団にちょこんと座り、

「ちょいと苦味があるな、この茶は。やはり安い茶はいかんな」

などと真面目な顔で言っている。

伸吉が大川に沈められることなんぞより、飲んでいる茶葉の方が気になっている小風だった。

(人でなし)

と、毒づいてみたところで、実際に小風は人ではないのだから、応えるわけがない。

(ひどすぎるよ)

と、涙目で小風のことを見ると、

「よそ見している場合じゃねえだろ」

罵声とともに、熊五郎の拳骨《げんこつ》が、ぽかりと伸吉の頭を殴った。

息が止まるほど痛かった。興奮のあまり、熊五郎は拳骨の加減ができなくなっているらしい。

このままでは殺されてしまう。伸吉はすっかり怯えきっていた。

「うむ。暑い日には熱い茶にかぎるな」

などと呑気《のんき》なことを言っている。

勝手に寺子屋の戸を開けたくせに、ひどい話もあったものだが、もとを糺《ただ》せば、いつまでも借金を返さぬ伸吉が悪い。それにしても、

「さっさと金返しやがれッ。今すぐ返せッ」

今日の熊五郎は、ちとおかしい。血走った目といい、正気とは思えない。

伸吉は熊五郎に襟首を摑まれ、ぶんぶんと振られた。

「早く返せ。急がねえと、おっかさんが乙松のところに――」

と、そこまで言いかけたとき、

ぽかり——

——という音が響いた。

ずるずると熊五郎の身体が崩れ落ちた。顔を覗き込むと、白目を剝いている。

その後ろに、

「茶にほこりが入るではないか」

唐傘を片手に持った小風が立っていた。

悪夢でも見せられているのか、人でなしの小風が口を割らせる術を使ったのかは知らぬが、熊五郎はいびきをかきながら、一部始終を語った。

直助が血を吐いて倒れてしまった。早々に医者に診せなければ、命にかかわる。しかし、医者に診せるほどの銭があるわけはない。それなりに近所付き合いをしているものの、貧乏長屋ということで、薬礼《やくれい》を貸してくれるほどの懐具合が豊かな隣人などいるわけがない。

金を持っていそうな心当たりと言えば、乙松くらいしかいなかった。おきのは、

散々迷ったあげく、熊五郎が止めるのも聞かずに、

「病気なんだから仕方ないでしょう。乙松さんしか縋る人がいないんだし」

そう言うと、日本橋の呉服町へ行ってしまったという。

「世間知らずの小娘のような女だな」

と、小風が言った。

人を見かけで判断してはならぬと言うが、仲吉の目から見ても、乙松はまともじゃない。無償《ただ》で金を貸してくれる心やさしい人間ではなかろう。

そこへ世間知らずのおきのが乗り込んでみたところで、飛んで火に入る夏の虫。ろくなことにならないのは子供でも分かる。

「助けないと」

仲吉は駆けだしかけたが、

「放っておけ」

小風は冷たい。

「救ったところで、どうにかなるものではない」

「でも……」

「そもそも日本橋で呉服屋の看板を掲げていたものが、乙松などに乗っ取られるようでは、商人としての信用が死んでいる。今さら命を拾ったところで、どうにもならん」

高里屋が乙松に乗っ取られたという噂話は、江戸中に広まっていた。

直助にも同情すべき点はあろうが、生き馬の目を抜く江戸で今後も商人として生きていくのは難しい。

そうかといって、あの直助に日雇いや棒手振りができるとは思えなかった。結局、苦労するのは、おきのということになるのだろう。男より女の数が少ない江戸には、女のできる仕事はいくらでも転がっている。

「あの女にできる仕事なんぞ、妾奉公《めかけ》くらいだろうな」

小風の言うように、今、直助を救ったところで先は暗い。

「しかし――」

伸吉には納得できない。しぐれの母が乙松の毒牙にかかると分かっていながら、指をくわえて見ていることなどできるわけがない。

だが、小風は言った。

「人助けをするために、こちらの世にいるわけではない」

乙松にしても直助にしても、悪霊に取り憑かれているわけではない。しかも、探している父の影があるわけでもないのだから、自分には関係のないことだ。小風は、そう言いたいのだろう。

「助けたければ、ひとりで行け」

小風はそう言って、まずそうに茶をすすった。

3

四半刻後、伸吉は日本橋の呉服町へ向かっていた。

頼りない若師匠を心配したのか、途中まで八咫丸がついて来てくれていた気がするが、闇夜にカラスとはよく言ったもので、すぐに姿を見失ってしまった。

闇色御幣を振って姿を消し、いくつかの木戸を抜けると、高里屋の看板が見えてきた。

おきのが中へ入った直後なのか、それとも不用心なのか、裏口の戸が開いたままになっている。

普段なら、臆病心から躊躇う伸吉であったろうが、小風と口論をしたせいで気が立っていた。

(幽霊のことなんぞ知るものか)

腹立ち紛れに、伸吉は高里屋へ入って行った。

(まったく、小風ときたら)

ぶつぶつと文句を言いながら、伸吉は、ずんずん奥へと進んでいく。やがて、前に酒盛りをやっていた部屋の中から、

「やめてくださいッ」

と、女の悲鳴が聞こえた。

伸吉はするりと部屋へ忍びこんだ。

「家に帰してくださいッ」

そこには、悲鳴を上げるおきのの姿があった。取り囲んだちんぴらどもが、ちょっかいを出している。

乙松がにやにや笑いながら、

「せっかく来たのですから、ゆっくりしていってくださいな」

と、おきのの身体に手を伸ばそうとする。

「堪忍してください」

今にも泣きだしそうなおきのに、乙松は相変わらずのえびす顔で、

「ちょいとばかり、あたしの相手をしてくれれば、十両でも二十両でも用立てますよ、おきのさん。なあに、目を瞑っていれば、すぐに終わります」

そんなことを言いながら、さらににじり寄る。

「楽しんで銭をもらえるんだから、女は得にできているな」

沢木の下卑《げび》た言葉に、ちんぴらどもが、どっと沸く。

乙松がおきのの帯を解こうとするのを目の当たりにして、思わず伸吉は、

「やめろッ」

と大声を上げてしまった。

しかし、闇色御幣の霊力で、乙松やちんぴらどもには、その姿は見えない。

「誰だ?」

ちんぴらどもが不安そうに尖った声を上げた。逃げだす素振りを見せるものまで

いる。乙松も、落ち着かなげに、辺りを見回している。

そんな中、沢木ひとりだけは落ち着き払っていた。

「ふん。おもしろい手妻ではないか」

と、鼻で笑った。

「こいつは何事なんです？」

乙松が沢木に聞く。

「おれにも分からぬ」

そう言いながらも、沢木はかちりと鯉口《こいぐち》を切った。それから目にも留まらぬ早業《はやわざ》で、刀を宙に走らせた。

ぎらりと銀の筋が糸を引いた――。伸吉の目には、そんなふうに見えた。一寸の間を置いて、
ぱらり――

――と、闇色御幣が床に落ちた。

見れば、見事に真っ二つに斬られている。

とたんに伸吉の姿が浮かび上がった。ちんぴらどもの前に棒立ちの間抜けな姿が晒《さら》された。

「ふざけた真似をしやがって」

沢木が刀を片手に近寄って来る……。


伸吉とおきのが放り込まれたのは、四畳ばかりの狭い部屋だった。あっさり捕まってしまった上に、猫骸骨の闇色御幣まで壊されてしまった。

唯一の救いといえば、おきのが、手込めにされずに済んだことくらいであった。

伸吉が寺子屋の師匠であると名乗ると、

「あの……すみません……」

しぐれの母は、申し訳なさそうに頭を下げた。

悪党というやつは意外と用心深いもので、伸吉を役人の手先とでも思ったらしく、何やら相談した後、乙松は手下に命令した。

「とりあえず、どこかに放り込んでおけ」

仲吉とおきのは、ぐるぐると縛り上げられ、狭苦しい部屋に放り込まれたのだ。

おきのは仲吉に、

「ありがとうございます」

と、礼を言ってくれるが、ちっとも助かっていない。おきのにしても、他に言いようがないのだろう。困った顔をしている。

仲吉が見つかったことで、状況は、いっそう厄介になってしまった。役人の手先と疑われた以上、おきのだって無傷《ただ》で済むとは思えない。

「すみません」

と、謝りたいのは仲吉の方だった。

仲吉は縄を解こうと身を捩《よじ》ったが、そんなに簡単に解けるものではない。しかも、解いたところで、戸の外には、ちんぴらどもが見張っている。寺子屋の師匠ごときに、どうにかできる状況ではない。

情けないもので、こうなってしまうと、やはり当てにするのは小風だった。しかし、

「助けたければ、ひとりで行け」

そんな冷たい台詞が脳裏を過《よ》ぎる。

（来てくれるわけないよ）

仲吉は泣きべそをかいていた。

そのうち、足音が聞こえてきた。仲吉は背筋を凍りつかせながらも、小風かもしれないと淡い期待を抱いた。しかし、

「ここですかい？」

と言いながら入ってきたのは、小風とは似ても似つかぬ海坊主のような男だった。まともな稼業でないことは、一目で分かった。顔に一筋の刀傷が走り、右目が白く濁っている。夜道どころか、お天道様の下ですれ違っても、逃げだしてしまいたくなる面相をしていた。

さらに悪いことに、海坊主と一緒に乙松と沢木の姿もあった。相談した結果、この剣呑な海坊主を連れてきたということらしい。

海坊主は仲吉の顔を覗き込み、こう言った。

「こいつですか、おかしな手妻を使う野郎ってのは？」

この男からは、悪霊とはまた違う禍々しさが漂っていた。

乙松の方は仲吉には興味がない様子だった。

「若僧はどうでもいいんですが、女の方を買ってくれませんか？」

どうやら、この海坊主は人買い女衒《ぜげん》の類であるらしい。

しかし、海坊主は乙松の言葉を聞きもせず、

「この若僧は珍しい顔をしているな」

などと言っている。

「珍しい顔ですか？」

「化け物に縁のある面相だ」

どこまで本気か分からぬが、海坊主はそんなことを言った。

「化け物ですか？」

乙松がほんの少し怯えた。

「化け物なんぞ怖くねえがな」

海坊主は乙松に怪しげな幽霊封じの護符を見せ、己の武勇伝を聞かせた。

実のところ、化け物幽霊に詳しい女衒は多い。

女衒というやつは、女を買って女郎宿へ売るのが商売で、上玉の女を安く買えれば、それだけ利を食える。

だから、貧しい山村を行ったり来たりする。山歩き夜歩きは商売の一部だった。箱根の山の先には化け物が棲んでいる。そんな噂もあって、魔物に襲われたときの備えに、護符なんぞも持っているという。

そんな海坊主だから、幽霊と暮らしている伸吉から、妖《あや》しげなにおいを嗅ぎ取ってもおかしくはない。しかし、

「この若僧自体はたいしたやつじゃないな」

すぐに興味を失った。

そして、舐《な》めるようにおきのの全身を見ると、

「こいつは上玉だ」

海坊主の頬が緩んだ。

「長崎あたりに連れて行けば、唐人に高く売れるな」

と、そろばんを弾《はじ》いている。

海坊主は、〝切り餅〟と呼ばれる一分銀百枚、つまり二十五両を紙に包んだものを四つばかり取り出した。

さっそく黄金《こがね》を嗅いだ乙松も、

「ずいぶん気前がいいですねえ」

と、上機嫌になった。

「ちょいと年は食っているが、これだけの上玉だ。――取っといてくれ」

そう海坊主に言われるまでもなく、乙松は切り餅を引き寄せた。

ついでのように、海坊主が伸吉を見た。

「この若僧はどうするつもりでやすか？」

「一緒に連れて行きますか？」

乙松は銭に目を奪われ、伸吉を見ようともしない。勝手に持って行け。そんな口調であったが、

「荷物になるだけで、銭にならねえですよ、こんな若僧じゃあ」

海坊主は渋い顔を見せた。それでも、

「まあ、ここに置いて行っても邪魔でしょうから、もらって行きまさあ」

「売れるのですか？」

乙松は金のことになると興味を持つ。

「まさか、こんな若僧が売れるわけありやせん」

海坊主は馬鹿馬鹿しそうにつぶやくと、ついでのように、請け合ったのだった。

「行く途中で、大川にでも放り込んでやりやすよ」

「大川ですか？　そいつはいいぃ」

「いいですかいぃ？」

「おう、あそこに捨てれば、しばらくは上がってこない。世話がなくていいってもんです」

それを聞いた海坊主の目がぎろりと光ったが、銭勘定に夢中で乙松は気がつかない。銭のことばかり考えているようだ。

それから乙松は、突然、伸吉を値踏みするように見ると、沢木に命じた。

「この若僧の懐を探ってみなさい。銭を持っているかもしれない」

「懐を探るなど、やめておこう。たいして銭を持っている顔《つら》ではない」

掏摸《すり》の真似事なんぞしたくないのだろう。沢木が渋い顔を見せた。しかし、乙松は聞かない。

「いいから、探ってみるんです」

沢木は顔をしかめると、

「勝手にやってくれ」

　と言い捨てて、部屋から出て行ってしまった。ちんぴらどもを引き連れて、屋敷からも出て行ってしまいそうな剣幕だった。

　間の悪い沈黙の後、乙松が海坊主を見て愚痴をこぼし始める。

「端金《はしたがね》だって銭じゃないか。拾える銭を拾わないのは馬鹿ってもんだ。なあ？」

　その言葉に、海坊主は愛想のいい商人のような笑みを見せると、懐手しながら、こう言った。

「本当にその通りだな。銭の大切さを知らねえやつは、手に負えねえ」

　懐から手を出すと、海坊主は匕首《あいくち》を握っていた。有無を言わせず、その匕首で乙松をずぶりと刺した。乙松の目がぎょろりと見開かれ、

「お……い……」

　ずるずると崩れ落ち、やがて、ぴくりとも動かなくなった。

　海坊主は血で汚れた匕首を乙松の着物で拭《ぬぐ》うと、乙松の持っていた銭を拾い上げ、誰に言うともなく、つぶやいた。

「拾える銭は拾わねえとな」

このとき、高里屋の屋根から一羽のカラスが飛び立ったことに、誰ひとりとして気づかなかった。

＊

4

八咫丸は伸吉の寺子屋を目指して飛んでいた。

普段、小風の肩にのってばかりで自分で飛ぶことは少ないせいで、何度も迷いかけた。そのたびにカラス仲間に道を聞いたりしているものだから、中々、寺子屋にたどりつかない。

「カアーッ」

八咫丸は苛々《いらいら》していた。

だいたい、人の子というやつが何を考えているのか、八咫丸にはさっぱり分からなかった。

父親を見つけるまで成仏しない、と決め込んでいる小風も何を考えているのか分からないが、伸吉とやらはもっと分からない。

自分の食い扶持《ぶち》もろくすっぽ稼げぬくせに、しぐれに同情して高里屋へ乗り込もうとしたのだ。

「カアーッ、カアーッ」

と、八咫丸が忠告してやったのに、この馬鹿師匠ときたら聞きやしない。

小風も小風で、伸吉とやらのことが心配なくせに、

「放っておけ」

などと強がっている。

小風はともかく、伸吉とやらには何の恩もない。このまま放っておいても何の支障もない。

それなのに、八咫丸の頭からは、小風に唐傘で叩かれている伸吉とやらの泣き顔が離れない。邪魔くさい泣き顔に、

「カアーッ」

と、八咫丸はいっそう苛立つ。

幽霊だろうと生身だろうと、人の子なんぞと長く一緒にいるべきではないらしい。

忘れかけていた顔が八咫丸の脳裏に浮かんだ。

——遠い昔、八咫丸は父と母に捨てられた。薄情なようだが、カラスの世界では珍しいことではない。

しかし、捨てられた八咫丸にしてみれば、たまったものではない。一日二日と食うに食えず、飢えて死にそうになりながら、

「カアー、カアー」

と、鳴いていた。

そこを、梅太《うめた》と呼ばれる百姓の息子に助けられ、一命を取り留めた。

伸吉は、その梅太に似ていた。

梅太の一家は貧しい百姓で、家族全員が食うや食わずやの暮らしをしていた。一家揃ってあばら骨が浮き出していた。

普通であれば、カラスなんぞ殺されて食われてしまうのがオチなのに、この梅太ときたら、ただでさえ少ない自分の飯を八咫丸に分けてくれたのだった。

（余計なことを――）

と、八咫丸は思った。親に捨てられた小ガラスが生きていけるわけはない。さっさと死んでしまった方が楽に決まっている。

それなのに、梅太は自分たちが飢餓で死ぬまで八咫丸に飯を分け続けた。

百姓の子というのは馬鹿なものだ。

そんなふうに八咫丸は思っていた。

だが、馬鹿なのは百姓の子だけではなかった。

伸吉とやらは、寺子屋の師匠のくせに、子供の躾《しつ》けひとつできぬ頼りないこんにゃく男で、札付きの怠け者の上に、救いようのない馬鹿だった。――いいところが、ひとつもない。

「馬鹿師匠」

と、小風が呼ぶのも、うなずける。

人の娘というのは便利なもので、女郎屋というところで買ってくれ、ちゃんと銭にしてくれる。カラスみたいに、育てられぬからといって捨てたりしない。

女郎屋に売られる貧乏人の娘なんぞ、八咫丸にとって、珍しくも何ともないことだった。

それなのに、伸吉とやらは、娘を女郎屋に売ることになった親に泣きつかれ、大金を用立ててやったという。

もちろん、伸吉とやらが大金を持っているわけはない。高利貸しに借りたのだ。それを颯爽《さっそう》とやってのけたなら、江戸っ子の心意気だと褒めてやらぬこともないが、この伸吉とやらは、

「断れなかったんだよ」

と、泣きそうな顔で後悔しているのだから締まらない。

小風のおかげで、ようやく高利貸しの取り立てから逃れられたというのに、また、ごたごたに顔を突っ込み、八咫丸まで巻き添えにされてしまった。

まったく人の子とかかわるとろくなことがない。

そう思う八咫丸も、得体の知れぬものであった。

カラスの幽霊のようでいて、人の子たちは八咫丸の姿を見ることができる。どうも幽霊とは違うらしい。しかし、ただのカラスが人や幽霊をくわえて飛べるはずがない。

そんな面妖なカラスが江戸のカラスと一緒に暮らすことはできない。

結局、八咫丸の居場所は小風の肩の上しかなかった。

小風と伸吉とやらの寺子屋だけが、八咫丸を受け入れてくれる唯一の場所だった。

「カアー」

八咫丸は、自分の居場所を守るために、飛んでいるのかもしれない。

5

女衒も海坊主くらいになると、十人近くも手下を抱えている。

考えるまでもなく、人を売り買いできるほどの金をいつも持っているのだから、用心のために人を連れて歩くのは、当たり前と言えぬこともない。

人というやつは案外と重いもので、やはり人手があった方が円滑に売り買いできるのだろう。

女をさらうのも日常茶飯事で、女衒どもときたら、手下を使って、憐れな女をさらっては女郎宿に売るのであった。泥棒・人殺しよりも町人たちには忌み嫌われていた。

仲吉とおきのは、縛り上げられたまま駕籠《かご》に放り込まれていた。猿ぐつわを嚙まされ、身動きどころか声ひとつ立てることもできない。

(どこに連れて行かれるんだろう……)

心細かったが、こうなってしまってはどうすることもできない。

駕籠を担いでいるのは、駕籠舁《か》きではなく、海坊主の手下のようだ。ひどく揺れる。

「出ろ」

仲吉だけが駕籠から引っ張り出され、有無を言わせず、地べたに蹴り倒された。ぐるぐると縛られたままなので、起き上がることもできない。湿った土のにおいが鼻についた。

目の前には漆黒の大川が流れていた。

「着いたぜ」

顔を上げると、海坊主が仲吉を見おろしていた。

仲吉のことを本気で大川へ投げ込むつもりでいるらしい。海坊主は、闇の中で、にたりと笑い、

「夜更けに泳ぐってのも乙だろ?」

と、伸吉を嬲《なぶ》った。

浅草あたりの奇術師じゃあるまいし、雁字《がんじ》搦《がら》めに縛られて泳げるわけがない。最初から殺すつもりでいるのだ。

そのとき、目の端に、朱色の唐傘が映ったような気がした。

(小風……?)

伸吉の胸に微かな希望の光が灯った。ほんの少しだけだが、力が湧いてきたように思えた。

しかし、ちょいとばかり遅かった。

「じゃあな」

と、海坊主に背中を蹴られ、伸吉は、どぼんと大川へ真っ逆さまに落ちたのだった。

縛られているものだから、泳ぐどころか手を動かすこともできない。

ごぼごぼ、ごぼごぼと濁水が口の中へ入ってくる。身体が大川の底へ沈んでいく。

伸吉の命は風前の灯火であった。

もうろうとした意識の中、走馬灯のように脳裏を駆け巡るのは、なぜか、小風のことばかりだった。

(喧嘩《けんか》なんかしなければよかった)

唐傘で叩かれたり、空から突き落とされたり、食いものを奪われたりと、ろくな思い出がないのに、なぜか小風のことが懐かしかった。

(幽霊になっても、小風に会えるのかなあ)

すっかり観念していると、不意に、何かに着物を摑まれ、もの凄い力で引っ張り上げられた。

あっという間に、伸吉の身体は大川から引き上げられた。

水を飲んで前後不覚になっている伸吉の耳に、

「カアー」

と、聞きおぼえのあるカラスの鳴き声が聞こえた。ごほんごほんと咽せながら伸吉が、おそるおそる顔を上げると、そこには、

「伸吉師匠、助けに参りましたにゃ」

八咫丸を肩にのせた猫骸骨が立っていた。

すでに海坊主たちの姿はどこにもなかった。伸吉を大川に放り込んだ後、おきの

を連れて、さっさと行ってしまったのだろう。

「助かった……」

仲吉は息をついた。縛り上げられ大川に沈みかけ、さすがに疲れ果てていた。濡れた着物は冷たいが、しばらく河川敷で休みたい。しかし、

「すぐに来てくださいにゃ」

「カアー」

猫骸骨と八咫丸が慌てた様子で急《せ》き立てる。

「そんな……」

仲吉が泣き言を言いかけると、猫骸骨は「人の話を聞くにゃあ」と遮り、真剣な顔で訴えた。

「小風師匠が危ないにゃ」

＊

本所深川の町外れは、一寸先も見えぬ闇に包まれていた。

町中でも、夜になれば人通りは途絶えてしまうのに、この辺りときたら、人より廃屋に棲みつくカラスやねずみの方が多いようなところ。民家がないのだから、まともな灯りもない。

そんな中、仄かな提灯の炎が暖かな光を放つ一角があった。

女衒の海坊主たちである。

手慣れた様子で、一行は背丈ほどの雑草が伸びている寺に入って行った。連中のねぐらは、この打ち捨てられた荒れ寺である。和尚がいないのをいいことに、勝手に棲みつき悪さをしているのであった。

荒れ寺のお堂へ、おきのを運び込んだ海坊主たちは、一様に卑猥な笑みを浮かべている。

海坊主はおきのを見ると、いっそう大きく、にやりと笑い、

「唐人に売る前に、ちょいと遊んでくれや」

と言うと、敷きっぱなしになっている布団の上に女を突き飛ばした。

手下のちんぴらたちも海坊主のおこぼれに与《あずか》るつもりなのか、にたにたと卑しげに笑っている。あまりのことに、おきのは気を失いかけていた。もはや抵抗する気

力もないらしい。

「無粋な着物なんぞ脱いじまいな」

と、乱暴な手つきで、おきのの着物を脱がしにかかったとき、

ふわり――

――と、甘い風が吹いた。

おんぼろ寺に、隙間風など珍しくもないのだろう。海坊主はおきのを襲いつづける。

それを邪魔するように、海坊主目がけて、

からから――

――と、唐傘が転がってきた。

「なんだ、いったい」

ちんぴらどもが怯えた声で騒ぎだした。

小風が海坊主たちの前に立った。手首の紐をしゅるりとほどき、髪を後ろに縛り上げた。それから、自分の影だけを海坊主たちに見せてやった。

しかし、海坊主は、

「化け物かい？」

と、涼しい顔で、怯える素振りも見せない。

そして「ふん」と鼻を鳴らすと、懐から炎の絵が描かれている護符を取り出した。

このお札が、山歩きをする女衒たちにお馴染みの、〝幽霊封じの護符〟であった。

海坊主は僧侶のような手つきで、小風めがけ、

「封ッ」

と、護符を投げつけてきた。

ひらりひらりと幽霊封じの護符が舞い上がり、それから、小風の足もと近くの床に、ぺたりと貼《は》りついた。

「ちッ」

小風が舌打ちする。

人の目には、ただの紙切れにしか見えぬ護符であったが、幽霊である小風の目に

は、別のものが映っていた。

幽霊封じの護符から、
めらめら――。

と紅蓮《ぐれん》の炎が噴き上がる。その炎は荒れ寺の床を舐めながら、じりじりと小風に向かってくる。

この炎に焼かれた幽霊は灰となり、護符の中に封じられてしまうという。さすがの小風も、この護符の炎は苦手だった。

逃げようにも、小風の足は床に貼りつき、ぴくりとも動かない。

ほんの二、三歩先には唐傘が転がっている。

三途の川に沈んでいた唐傘は、現世・幽世《かくりよ》の理《ことわり》外にあり、人にも幽霊にも通用する。

唐傘さえあれば、幽霊封じの護符など吹き飛ばせるはずであった。小風は、必死に唐傘をつかもうとした。しかし、

「気味の悪《わり》い唐傘だな」

と、海坊主が唐傘をつまみ上げ、荒れ寺の外へ放り投げてしまった。幽霊封じの

護符まで持ち歩いている海坊主だけあって、小風の赤い唐傘を本能的に嫌ったのかもしれない。

いくら小風といえど、こうなってしまっては手も足も出ない。

護符の炎は小風目がけて迫ってくる。

小風の脳裏にこんにゃくのような男の顔が思い浮かんだ。強情な小風に腹を立てて、寺子屋を飛び出してしまった。きっと、今でも怒っているに違いない。

護符の炎が小風の袴に届きかけたとき、

「小風ッ」

と叫び声を上げながら、ずぶ濡れの男が転がり込んで来た。

6

時刻をちょいと戻して、大川から寺へ向かう本所深川の夜道のこと。

伸吉は震えながら走っていた。

夏とはいえ、濡れた着物は冷たく、容赦なく伸吉の身体から温《ぬく》もりを奪っていく。

こんな夜更けに大川へ投げ込まれたのだから、寒いに決まっている。

風邪でも引いたのか、しきりに洟《はな》を啜《すす》り、くしゃみをする伸吉を、

「大丈夫かにゃ？」

「カアー？」

猫骸骨と八咫丸が心配してくれている。

ちっとも大丈夫じゃない――。凍えるほど寒いのに、嫌な汗が流れている。熱が出始めているのが自分でも分かった。それでも、足を休めるつもりはなかった。

（早く小風を助けないと）

荒れ寺に巣くっているカラスどもが八咫丸に言うには、小風が一人で海坊主のすみかに向かったらしい。

伸吉の脳裏に、自慢げに幽霊封じの護符を見せびらかす海坊主の姿が甦《よみがえ》った。

――小風が危ない。

伸吉の足は何度ももつれた。そのたびに、猫骸骨や八咫丸が心配そうな顔で、

「にゃ……」

「カアー……」

と、鳴いた。

伸吉のことも心配だったが、得体の知れない海坊主を相手にしている小風のことを考えると、いても立ってもいられない気持ちなのだろう。

小風を心配しているのは、猫骸骨と八咫丸だけではなかった。

いつの間にやら、

「南無阿弥陀仏、南無阿弥陀仏」

と、念仏を唱えながら、虎和尚と狼和尚が後ろを走っていた。

さらに、

「小風お姉さまとお母さまを助けに参ります」

「予に任せておけ」

しぐれと、ビロードのマントをはためかせている上総介の姿もある。

その後ろにも、赤鬼青鬼や烏帽子を被った化け蛙をはじめ、この世に未練を残して成仏できぬ幽霊どもが続いている。

しかも、どこからともなく幽霊どもが次々と合流し、集団は刻々と膨れ上がっていた。

「小風師匠にも仲吉師匠にも世話になっているからね」

よく見えぬ闇の中から、聞きおぼえのある声が耳をついた。目を凝らせば、夜の寺子屋の幽霊寺子たちであった。

さながら、百鬼夜行絵巻のようであった。

この世にいてはならぬ連中が付き従った百鬼夜行は、一目散に、小風のいる荒れ寺に向かっていた。

やがて――。

百鬼夜行は、一軒の雑草が仲吉の身丈まで伸びている荒れ寺の前で、ぴたりと止まった。

ここが小風のいる荒れ寺に違いない。しかし、幽霊どもは、動こうとしない。

「どうしたの？」

「カアー？」

仲吉と八咫丸は首をひねる。

江戸中の幽霊、鬼の類が集まっているのだ。このまま荒れ寺へ雪崩《なだ》れ込めば、海坊主一味など簡単に退治できそうなものである。

「お寺が怖いのです」

百鬼を代表して、しぐれが言った。

「まさか」

確かに、幽霊と寺は相性がよいとは思えないが、それは講談や紙芝居が勝手に作り上げた話で、幽霊どもにとっては、寺も商家も変わりがないはずであった。

実際に、幽霊である小風は目の前の荒れ寺の中にいる。

「あのお寺の中に、護符が撒かれています。わたくしたちは入って行くことすらできません……。入ったとたんに封じられてしまいます」

「え？」

伸吉は青ざめた。

寺の外にいる幽霊どもが怯えるほどの護符が撒かれている。中にいるはずの小風の身は危ういに違いない。

言うまでもなく、伸吉は人間なので護符など怖くない。

しかし、荒れ寺の中にいるのは、何の躊躇いもなく人を殺すような悪党ども。伸吉が勝てる相手ではない。

（あたしひとりが行ったところで助けられないよ）

仲吉は弱気になって、目を閉じた。だが思い浮かぶのは小憎らしい小風の顔ばかりだった。「馬鹿師匠」と罵られ、ぽかりぽかりと唐傘で殴られていたのに、無性に小風に会いたかった。

（行っても殺されるだけだろうねえ）

と、思いながらも、仲吉の足は勝手に動きだしていた。小風を助けに行かなければならない――。荒れ寺の入り口へ向かいかけるが、言葉だけでなく、膝も震えていた。

そんな仲吉を見て、

「仲吉師匠、予が行こう」

と、ビロードのマントの男が、ずいと前に出た。

「護符ごとき、予の敵ではないわ」

その言葉に後押しされるように、

「南無阿弥陀仏、南無阿弥陀仏……。寺を恐れていては僧侶は勤まりませぬ」

と、虎和尚と狼和尚も前に出た。

「仲吉師匠、にゃあも行きますにゃ」

猫骸骨までがあからさまにびくびくしながら言う。闇の中から、次々に声が上がる。

いくら伸吉でも、この連中が無理をしていることくらい分かる。

もちろん、できることなら百鬼たちに海坊主を退治してもらいたかった。しかし、

「伸吉師匠はここで待っておれ」

と言いながらも、あの上総介が震えている。

見れば、猫骸骨は言うまでもなく、ひとり残らず震えている。幽霊だろうと化け物だろうと、伸吉にしてみれば、可愛い教え子だった。

(行かせられないよねえ……)

似合わぬことを考えたとき、突然、唐傘が寺から、

からから――

――と、転げ出て来た。


小風が肌身離さず大事にしている唐傘だ。小風の身に何かあったに決まっている。

伸吉は、その唐傘を拾い上げると、

「小風ッ」

と叫び声を上げながら、恐ろしい女衒どものいる荒れ寺へ飛び込んで行った。

7

幽霊封じの護符は、轟々と炎を噴き上げ、今にも小風を焼き尽くそうとしていた。

びしょ濡れで飛び込んできた仲吉の姿を見た小風が、

「馬鹿師匠が、こんなところへ来おって」

と、舌打ちした。

「きさまなどいても足手まといだ。さっさと帰れ」

そう言う小風の袴は焦げ始めている。

仲吉は思わず叫んだ。

「今、助けるから」

「なんだ、おめえは」

海坊主が行く手に立ち塞がった。二、三歩、近寄ったところで、大川へ投げ捨て

た若僧だと気づいたらしく、

「生きてやがったのか？　しぶてえ野郎だな」

唇を歪めてみせると、濁った目で手下へ命じた。

「女より先に、あの二枚目をかわいがってやんな」

ちんぴらどもが伸吉に群《むら》がった。

勇気を出して寺の中へ飛び込んだものの、喧嘩ひとつしたこともない伸吉の腕っ節がいきなり強くなるわけはない。

とりあえず怒った子供のように、目をつぶって、ぶんぶん両手を振り回してみたが、伸吉の拳骨は当たらない。

あっという間に、ちんぴらどもの波に呑まれ、簡単に縛り上げられてしまった。必死に守っていたはずの唐傘もどこかへ行ってしまった。

芋虫のように畳に転がされた伸吉の前に、海坊主が立った。

「ざまあねえな、二枚目」

海坊主は、伸吉の鼻っ面を蹴り上げた。

嫌な音がして、鼻血が噴き上がり、口の中が錆《さび》くさくなった。抵抗どころか動くことさえできない伸吉の腹の辺りを、海坊主は蹴り続ける。息を吸うことさえできやしない。

ふ――と気が遠くなった。

蹴り疲れたのか、海坊主は足を止めて息を吐くと、

「ここでぶっ殺してから大川へ沈めてやるぜ」

懐から、ぎらりと耀く匕首を取り出した。伸吉をずぶりと刺し殺すつもりらしい。

伸吉は蹴られすぎて前後不覚になっていた。逃げだすどころか、何もかもが、ぼんやりとしか見えない。

それでも、必死に小風の方へ這って行こうとした。助けなければ小風が護符の炎に焼かれてしまう。

(助けなくちゃ、助けなくちゃ……)

伸吉の脳裏を同じ言葉がぐるぐると回る。

命乞いひとつしない伸吉に苛立ったように、海坊主は舌打ちし、

「目障りな野郎だ。往生しな」

と、匕首を走らせた。

これを躱《かわ》す余裕など伸吉にはなかった。伸吉の背中に、海坊主の匕首が突き刺さる——。その寸前、からからと唐傘が転がってきた。

そして、ふわりと人の身丈ほどの高さに浮き上がり、海坊主の匕首を遮るように、

ぱらり——

——と、唐傘が開いた。

いつの間にやら、小風が赤色の唐傘を手に立っている。

殴りつけるような突風が吹き荒れ、幽霊封じの護符が舞い上がった。すでに炎は消えている。

その舞い上がった護符をどこかへ運んでいくように、生温《なまぬる》い風が、

ひゅうどろどろ——

——と、撫でるように吹いた。

幽霊の姿が見えないはずの海坊主であったが、それでも唐傘を差している黒い影が見えるのだろう。

「また出やがったな」

と、矢継ぎ早に、新しい護符を唐傘めがけて投げつけた。

「芸のない男だ」

と言う小風の声とともに、唐傘がくるりと回った。

それまで吹いていた生温い風が、一気に凍りついた。夏の風とは思えぬほどの冷たさだった。

「ふ、ふ、ふざけやがって」

海坊主の声も凍りつく。寒さのあまり、歯の根が合わないらしく、がちがちと音を立てている。

追い打ちをかけるように、小風の静かな声が寺に響き渡った。

「八寒地獄の第五、虎々婆《ここば》地獄」

その声が消える前に、肌を刺し貫くような冷やかな風が海坊主たちに襲いかかった。あまりの冷たさに、女衒たちは悲鳴も出せぬのか、

「ふはば、ふはば」

と、か細い声を上げるのみであった。言葉さえ出ないようだ。

やがて、その声も、消えた。

「…………」

海坊主とちんぴらたちは凍りつき、氷細工の人形のようになってしまった。もはや、ぴくりとも動かない。

小風は、氷人形となった海坊主には目もくれず、縛り上げていた髪を後ろ手で、ばらりとほどくと、ぐったり横たわっている伸吉を背負った。

「小風……」

「本物の馬鹿師匠だな」

「うん……」

「痛い目に遭わんと分からぬのか——まったく鈍い男だ」

そんな小風の言葉を聞きながら、伸吉は気を失い、甘いにおいのする闇へと落ちていった。

終　伸吉、賽の河原への巻

どこにもお天道様がなかった。

それなのに、どこまでも荒れ果てた河原を見渡すことができる。草一本生えていない河原には、膝の高さほどの小さな地蔵が何百も並んでいた。

その地蔵に見守られるように、幼い子供たちが河原の至るところで、石を拾って積んでは塔を作っている。

どこからともなく陰気な歌声が流れてきた。

「一つ積んでは父のため、二つ積んでは母のため……」

石を積んでいるのは、親より先に死んだ子供たちらしい。必死に石を積んでも、供養の塔ができる前に、どこからともなく鬼がやって来て蹴倒してしまう。

「二つや三つや四つ五つ、十にも足らぬ幼子《おさなご》が、賽《さい》の河原《かわら》に集まりて、苦患《くげん》を受くるぞ悲しけれ」

仲吉は〝賽の河原〟と呼ばれる場所に立っていた。目の前には、三途の川が、音を立てず流れている。

成仏してしまったらしい小風を追いかけて、仲吉はここまでやって来たのだった。

「小風、どこだい？」

もう半日も、声を嗄《か》らして探し回っているのに、小風の姿はどこにもない。すでに小風は三途の川を渡ってしまったのかもしれない。これだけ探してもいないのだから、他に考えようがなかった。

諦めきれず、仲吉も三途の川を渡ることにした。

ちなみに、三途の川の先には冥途《めいど》がある。川中には三つの瀬があり、生前の業《ごう》によって渡る場所が違う。善人は橋を渡り、悪人は深く流れの激しい難所を渡るのだ。

善人か悪人かを決めるのは、懸衣翁《けんえおう》と奪衣婆《だつえば》と呼ばれる老爺《ろうや》と老婆の役割であった。

三途の川にやって来た亡者の着物を奪衣婆が脱がせ、懸衣翁がその着物を衣領樹《えりょうじゅ》の枝にかけ、その枝の垂れ具合で生前の罪の重さを量るのである。伸吉も、絵草紙や昔話で何度も聞かされていた。

しかし、なぜか、目の前には奪衣婆しかいない。

「よう来たな」

やけに愛想がいい。

しかも、干し柿のように干涸《ひから》びた婆さんのくせに、吉原の遊女顔負けに白粉を塗りたくり、毒々しいほどの赤色の紅を差している。

「とりあえず、脱いでもらおうか」

さっそく奪衣婆は伸吉の着物を脱がしにかかるが、必要もないのに、べたべたと伸吉の肌に触っては、潤んだ目でため息をついている。

奪衣婆は言う。

「おぬし、いい男よのう。肌もすべすべしておる」

奪衣婆の言葉に、ぞわりと鳥肌が立った。奪衣婆は妖しげな言葉を続ける。

「おぬし、女は好きかのう？」

とうとう奪衣婆は頰を伸吉の胸板に擦りつけ始めた。さらに、

「懸衣翁が留守にしているのを知って来たんじゃろう？……悪い男じゃのう」

とんでもないことを言い出した。

「ま、ま、まさか……」

伸吉は、ぶんぶんと首を振って否定し、逃げ腰になる。しかし、奪衣婆は離してくれない。

「照れおって。若い男はいいのう」

「照れてなんかいないよッ」

思わず大声を出してしまった。

「騒ぐでない」

奪衣婆は伸吉をたしなめると、今度は勝手に自分の着物を脱ぎ始めた。骨の浮いた身体を剝き出しにすると伸吉に迫り始めた。

「かわいがってやるからのう。ひょひょひょ」

「やめておくれよッ。あたしには、夫婦約束をした小風って娘がいるんだッ。怒られちまうよッ」

恐ろしさのあまり、伸吉は嘘をついた。

伸吉の言葉が合図であったかのように、突然、奪衣婆が消えた。

「え？」

戸惑っている伸吉の前に、ぬうと閻魔大王《えんまだいおう》が現れた。城ほどもある大男で、怒り狂った赤鬼のような顔をしている。閻魔大王は、ぎょろりと伸吉を睨むと、野太く威厳のある声で宣言した。

「嘘をついたな。舌を抜いてやろう」

閻魔大王の手が伸吉に伸びてくる。目の前には、舌抜きが迫ってきている。

「うわあああッ、小風、助けておくれッ」

伸吉はあらんかぎりの大声を上げて助けを求めた。すると、

ぽかり――――

――――と、頭を叩かれた。

あっという間に三途の川も閻魔大王も消えた。

「うるさい。さっさと起きろ」

枕元に小風が立っている。きょろきょろ見回すと、いつもの寺子屋だった。仲吉は寝ぼけていたらしい。

まだ夢から醒《さ》めていない仲吉は、

「地獄って、おっかないところだねえ」

と、つぶやいた。

小風はため息をついた。仲吉の言葉は聞き流されてしまったらしい。

「馬鹿師匠に客だ」

「客？」

寝ぼけ眼を擦っていると、猫骸骨が部屋に入ってきた。

今日は一匹ではなく、自分より一回り小さい猫骸骨を連れている。

（ん？）

チビ猫骸骨をどこかで見かけた記憶があった。頭をひねると、やがて、一匹の仔猫の姿が仲吉の脳裏に思い浮かんだ。――八百屋のおかみからもらった握り飯を、仲吉から奪い取った仔猫だ。

（死んじまったのかい……）

　思い出して、しんみりする伸吉を尻目に、猫骸骨がチビ猫骸骨に礼儀作法を教え込んでいる。

「伸吉師匠に挨拶するにゃ」

「みゃ」

　チビ猫骸骨は丁寧に頭を下げるが、猫骸骨に、

「違うにゃ」

　と、駄目出しされる。

「伸吉師匠は人間にゃ。人間相手の挨拶は決まっているにゃ」

「みゃ」

「見ているにゃ？」

　猫骸骨は咳払いをひとつすると、牙を剝き出し、手本を見せた。

「一口食わせろにゃッ」

「みゃあ！」

　チビ猫骸骨は感心し、小風はため息をついた。

わあわあ騒いでいると、しぐれがひょっこり姿を見せた。

「どうかしたのですか？」

とたんに猫骸骨の顔が強《こわ》ばる。いつも、しぐれにこき使われているので、警戒しているのだろう。今すぐにでも逃げだしそうな顔をしている。

一方のしぐれは、のほほんとした顔で、チビ猫骸骨に話しかけている。

「かわいい仔猫ねえ」

「みゃ」

挨拶のつもりか、チビ猫骸骨が、ぴょこんと頭を下げた。

「まあ、ちゃんと仕込んであるのね」

そう言いながら、しぐれの目が、きらりと光ったように見えた。

——嫌な予感がする。

しぐれはチビ猫骸骨の手を取った。

「あなたを看板役者にしてあげます」

「みゃ？」

チビ猫骸骨が不思議そうな顔をしていると、どこからともなく、しぐれは大きな鞠《まり》を持ち出してきた。

「これに乗って走り回れば、きっと評判になるわ」

勝手に決めつけている。いつの間にか、右手に鞭《むち》まで持っている。

「逃げるにゃッ」

「みゃッ」

二匹の猫骸骨は、魚をくわえた野良猫も顔負けの素早さで、部屋の外へ逃げ出した。

「待ちなさいッ」

頭の天辺から声を出しながらしぐれが追いかける。途中で八咫丸を見かけるや、

「あんたも追いかけなさい。さっさと連中を捕まえないと、あんたのことを焼き鳥にして売るわよッ」

「カアーッ！」

と、巻き込んで大騒ぎをしている。

部屋の中には、伸吉と小風が取り残された。

一瞬の沈黙の後、小風は伸吉に話しかけてきた。

「まったく、うるさい連中だな。馬鹿師匠もいい迷惑だろう？　追い出してやろうか？」

「いや、迷惑じゃないよ」

伸吉は正直に答えた。

すると、小風はため息をつき、伸吉にこう言ったのだった。

「物好きな男だな、おぬしは」

この作品は書き下ろしです。

唐傘小風《からかさこかぜ》の幽霊事件帖《ゆうれいじけんちょう》

高橋由太《たかはしゆた》

平成23年6月10日　初版発行

発行人――石原正康
編集人――永島賞二
発行所――株式会社幻冬舎
〒151-0051東京都渋谷区千駄ヶ谷4-9-7
電話　03(5411)6222(営業)
　　　03(5411)6211(編集)
　　振替00120-8-767643
印刷・製本―図書印刷株式会社
装丁者――高橋雅之

幻冬舎時代小説文庫

ISBN978-4-344-41693-2　C0193　た-47-1